Ariana Harwicz

A débil mental

Romance

TRADUÇÃO
Francesca Angiolillo

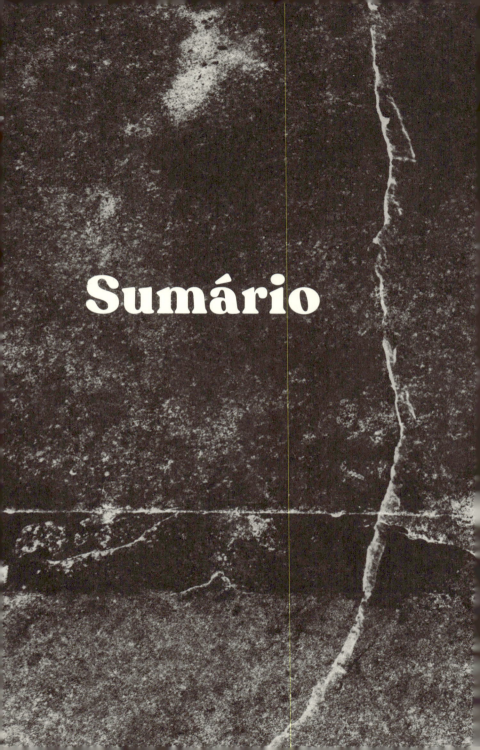
Sumário

I	7
II	35
III	59
Sobre a autora	95

I

NÃO VENHO DE LUGAR ALGUM. O mundo é uma caverna, um coração de pedra que esmaga, uma vertigem plana. O mundo é uma lua cortada a chibatadas negras, flechadas e tiros de escopeta. Quanto se tem que cavar para chegar ao desprezo, para fazer com que meus dias queimem. Eu poderia ter nascido com olhos brancos como este bosque de pinheiros lisos e, no entanto, sou acordada pelas cinzas de um vulcão sobre os trevos do jardim. E, no entanto, mamãe arranca mechas de cabelo e as lança ao fogo. O dia começa, sou um bebê, e mamãe está sentada de costas em sua poltrona e chora. Acordo menina, lá fora as lavandas, dentro mamãe e seus cabelos negros entre as brasas. Por toda parte há extratos de nuvens, baixas e brancas, altas e passageiras, escuras e a meia altura. Invento uma vida nas nuvens sentada no meu clitóris. Vibro, me agito, me trato com morfina nos dedos e, nesse intervalo, tudo está bem. Minha mão dentro de mim é mil vezes sua cara dentro de mim, quanto se pode possuir uma cara, quanto se pode meter uma cara no sexo. Durante esse tempo o capim é capim, e posso correr no meio das pastagens. Das mil maneiras de existir que há, essa foi a que me tocou, não reconheço ninguém e, quando me ataca o grande desespero, vivo em qualquer lugar. Mamãe parou de chorar, já ando sozinha, já falo, já usamos as mesmas roupas. Quero que ele volte contrariando todos os prognósticos, contrariando todo o luto, quero que seus olhos me desterrem e quero ver a ponta das árvores. Minha cabeça gira. Minha cabeça indo a pique emperra. De repente, tenho o tom de uma morta. A cara inchada de uma viciada na banheira. O corpo épico da que vai pular no vazio rochoso. De repente, noto que é meio-dia e os olhos azuis das lebres brilham frios e saio para comer, mas é passado. Começo a rezar, ou será que estou apaixonada. Peço que cuspa em mim, que me quebre a cara com uma bofetada. Fico olhando para ele. Não estou doida, só possuída, é sempre a mesma resposta. Estou entediada, mamãe. Meu cérebro são mariposas em um jarro e se enforcam.

MAMÃE E O CARA SE AGARRAM PELO PESCOÇO e se esfregam contra o piso de cimento escorregadio. O cara termina com mamãe olhando para o alto e tudo começa. Ponhamos um microscópio no meu corpo amorfo nesta tarde de moscas lentas. Poderiam pendurá-lo na sala como quadros abstratos. A esta hora aparecem árvores quentes, folhas escorregadiças, me escondo dela. Eu a ouço gritar. Estou andando no monte, para onde. Por ora há somente o barulho do vento no cume e alguns cantos. Por ora o misticismo dura e são formigas no meu braço. Se você gosta de viver em um sonho, fica aí, protesta e se fecha, e tudo é fumaça sem ela. Tenho sempre essa lembrança de febre da infância em um carro incendiado. O olhar de mamãe de frente, mamãe na nuca feito um inseto de carapaça dura. O olhar de mamãe fumando no assento de couro falso rasgado do trem. Eu acordada no carro fechado, sem poder falar, os vizinhos chamando a polícia. Eu me mexo mansa, onde está agora. Eu me agacho para beijar a terra. Como é possível este desejo repetitivo, incômodo, o primo idiota da família que vem interromper os cafés da manhã ao sol com croissants de marmelo e acaba se atirando da varanda. O primo profundamente retardado que toca o nariz dizendo nariz. Este desejo epilético, este desejo deformado, um deficiente desejante e babão que para levantar são necessários dois e que se tem que carregar como um carrinho de mão para poder trepar em cima do colchão mole. E, no entanto, não tem nada mais para fazer além de trepar comigo, de me desejar da sua cadeira. E, no entanto, a auréola densa e transparente no colchão, prova de que vivo. Preparo o dedo, mas penso tanto que depois me esvaio. A ideia do desejo sobre o desejo me deixa maluca, parasita com olheiras até o pescoço. Mamãe, onde você me enfiou, estou chateada, trabalhei nove horas em pé, os empregados precisam de descanso. Mamãe, tá morno, tá morno, tá quente... queimou. Se me visse teria medo, exalo um ódio impressionante. Se você quer ficar nos sonhos, vai lá, me xinga da sua ratoeira.

POR QUE SOMOS TÃO BOBAS diante das gôndolas sem saber o que comer? Por que compramos manjericão e salsinha industrializados se temos na horta?, e rimos. Morrer é uma boa opção quando ela derruba todos os vidrinhos de tempero, que levantamos um a um como partículas de esqueletos e ficamos com alho entre os dedos. Deitar-me na areia, sobre a relva curta, sobre a terra seca. Deixar de lutar com os braços de mamãe. Tento me concentrar no gosto das abobrinhas. Estão frescas, digo. Quase não usei azeite, diz, um fiozinho só. Olha o pasto, olha como cresce por partes, que estranho, tem pedaços secos, como se o sol só tivesse batido ali, tem partes afundadas, como pântanos. Mistério, filha, para que perguntar mais. Bom apetite. Parece que as galinhas estão com fome, não param de piar. Comemos, indo e vindo da mão para a boca. Onde está meu telefone, mamãe. Não está. A gente disse que ia fazer assim, estamos fazendo muito bem as duas, põe um pouco de sal. Também não pergunto pelos copos bundudos. Mamãe. Ele pode ter ligado. Se concentra. Olha para um ponto no espaço e vamos continuar jantando. Fizemos bem em comprar esta mesa retangular, né? Com as cadeiras não foi cara, falta um guarda-sol e talvez uma espreguiçadeira. Amarelas ou listradas? Assim damos um toque de cor. Dizem que a cor dá vida. Que palhaçada. Ou de bolinhas? Olho para um ponto no espaço e? Nada existe. A sensação de que se afasta é uma punhalada seca no estômago. Você se enche de imagens que são uma porcaria pra tua saúde, por que em vez disso você não se concentra na menina alegre e tolinha que você era antes de conhecê-lo montando hospitais para formigas agonizantes? Não estraga este jantar, que mal-agradecida ele te torna, que sujeita mais ríspida. Não era alegre. Cozinho em vez de requentar e nem um obrigada.

TIRAMOS A MESA entre grilos. Que sorte tenho que não haja um filho, um prato a menos, nada de restos grudados, nenhuma voz cortando a minha. Nada que me suceda quando eu arrancar minha cabeça de um puxão. Cresce algo branco, uma neblina que nos come, lá atrás, que nos envolve, que nos arrasa na estepe. Minha mãe se lembra rindo de quando meu corpinho ainda com o cordão roxo escorregou de suas mãos, tudo remete a isso, a faquinhas debaixo d'água, a enguias. As duas lavando os pratos com detergente barato e luvas, as duas guardando os talheres nas gavetas com divisórias, garfo com garfo, dizemos cantando, colher com colher, e fazemos o passinho de dança como uma tarantela. As duas indo tomar uma garrafa de pastis lá fora, nada acontece. Basta algo minúsculo para ser infeliz, uma abelha que pica o cotovelo, um copo que se quebra com o vento, ou as janelas e portas que ficam quietas. Uma na rede, a outra espera sua vez no banco. As duas quentes, desde o couro cabeludo, as duas porcas abandonadas. Duas lindas raposinhas de focinho laranja. Duas alérgicas. Na verdade, sonhando que entram dois indivíduos de chapéu de aba larga pela porteira, pedem licença e começam a nos violar contra as cadeiras, contra a gangorra de madeira na pérgola, uma por trás, a filha pela frente. Contra a pia enfiam algo na mamãe, um taco de beisebol do loiro, e ela não gosta muito, mas se esforça para que ele veja que goza. Nada tem importância enquanto nos vemos possuir os olhos afrontados e negros. Eles nos pegam pelas axilas, nos viram, e nossos longos cabelos caem como cortinados tenebrosos contra a forragem. Ainda tem uísque na despensa, filha? Que bom que sua infância já passou, que alegria que tudo fique tão para trás que quase não tenha acontecido, que já não faça parte desta vida aquele cheiro de eucalipto molhado de quando você prendeu o dedo na porta automática. Aquele cheiro de lona quente, de borracha, de lugar onde se aluga bicicleta. Aquele cheiro de amendoim caramelizado, de maçã, de açúcar cor-de-rosa. Desde que você nasceu esperei por este momento. Fomos ou não aos bancos de areia quando você fez seis anos?

A gente ficava se equilibrando no quebra-mar? Nós nos jogávamos feito milanesas até a beira das águas-vivas. É verdade que naquele dia em que você ouviu um tiro lá do quarto do hotel você achou que tinha sido eu? Dormimos um verão inteiro clandestinas nas tendas dos turistas, teus montinhos de cocô empilhados feito muralhas? Esses dias dourados segurando o hálito azedo e levando você para patinar, dias inteiros ensinando você a plantar bananeira na borda, fazendo você pular na cama elástica, esfregando sua calcinha com o nó dos dedos. Escondendo-me no entardecer praiano na areia fria a vomitar sua infância.

UÍSQUE COM MAMÃE desde o azul-elétrico até a madrugada e agora, longe de casa, tenho as mãos cobertas de excremento. Não conhecia meu cheiro, a camada de cheiro que se forma no corpo com o passar das horas sem água. Minha língua se distrai comendo capim. Chupar as tetas duras de um animal, chupar sua pelagem, os dentes vestidos, ou imaginar a morte dos pais é tudo igual. A partir do momento em que ele entrou na minha cabeça, o inferno salobro. Martelar fanático sobre as minhas veias. O problema do cérebro é que não consigo retê-lo, sempre avançando entre asperezas, sempre em frente como escavadeira. Onde me enfiei, não reconheço estas mansões e nunca passei por esta curva acentuada. Desejo degenerado. Desejo nocivo. Desejo lunático. Já não encontro jeito de voltar, e mamãe deve estar inconsciente ladeira abaixo. Espero que não com os pés entalhados. E a estas altas horas as nuvens são troncos e a ressaca não cede e me jogo em qualquer posição para me masturbar, meu pelo eletrizado, a pele quente, as pálpebras rígidas. Minha mão batendo para depois ficar quieta como um bicho, e nada basta. Ele e eu num conversível. Ele e eu numa estrada suja. As tetas não deveriam ficar no corpo depois de certa idade. Vou extirpá-las, pensando no meu peito, quando forem carne grossa. Também não deveria se abrir o sexo. Procuro uma palavra que substitua a palavra. Procuro uma palavra que indique minha devoção. Essa palavra que seja o ponto, a distância, o centro exato do meu delírio. Deveríamos ser como pequenas serpentes até o final e ser enterradas assim, em buracos alongados como valetas. Aí me levanto nervosa, a cabeça em sangue espesso. Ando pela casa e abro as janelas. O vento varre os corpos dos insetos presos no mosquiteiro. Lá atrás guarda recipientes com água enferrujada e fósseis de todas as espécies. Parece que ele nunca dormiu, que sempre está precisando de um banho, de um novo corte de cabelo, de uma calça sem urina. E o que é no fim das contas esse escasso prazer que nos damos na juventude dos dedos. O que é esse escasso líquido dourado caindo, diluindo-se, se depois, mais tarde, quando enfim a encontro com o copo bundudo sacudindo o gelinho e pedindo mais uma rodada para o garçom, estamos eu e mamãe sentadas na mesa do jardim com uma travessa de caldo e duas colheres. O que é esse desejo que sobra, afundado, enquanto sorvemos a sopa e o vapor nos bate na cara, e já não sobra nada, mas nada mesmo.

UÍSQUE, NUNCA MAIS, digo. Uísque, nunca mais, diz. Nunca mais, hem, e fazemos um crucifixo com os dedos e brindamos com água e jogamos as garrafas vazias no incinerador. O que eu disse. Quero dizer que reina um halo de morte. Também não. Que a morte está presente demais entre a boca de mamãe e a minha e no fundo do vidro afogado. E que as horas não remediam isso. Começar um novo dia. Como desligar a geladeira da tomada e ligar de novo depois da tempestade e se apressar para colocar a comida de novo lá dentro antes que apodreça. Mas os queijos com vermes e a carne com suas vísceras nos causam náuseas. Ou consertar, passar a semana consertando, com agulha e linha, os mosquiteiros furados nos batentes das janelas e pintar os canteiros de verde. Ou colocar armadilhas feitas de arame enrolado para que não venham encher as corujas e atirar nos ninhos. A gema amarelo-patinho gelatinosa entre os mindinhos. Ou comprar uma tartaruguinha aquática e esquecer de alimentá-la e de limpar a água. Acorda mamãe antes que o dia vá embora, não cabeceie sobre a tesoura. Cortou as pontas e a franjinha, como faz em cada embriaguez. Vamos dar uma volta pelo caminho enlameado. Seu corpo procura por líquido nos órgãos, nas membranas que circundam seu cérebro. Enquanto a vejo no espelho ovalado se esfregar com sabão de lilás, sei que existe outra maneira de anoitecer além dessa jarra de café com calmantes.

NO CAMINHO PUSEMOS PARA FORA, na primeira vez no assento de veludo e na segunda em cima do volante. Mamãe em cima da sua blusa azul com botõezinhos brancos. Eu em cima das minhas longas pernas. Coberta com meus próprios dejetos, tive a agradável sensação de que aqueles trajes me caíam maravilhosamente bem. Tiramos a roupa na beira da estrada enroscando o short nos saltos dos sapatos. No banco de trás ficam nossos sutiãs, no asfalto nosso estômago. Seguimos viagem com as janelas abertas e os cabelos presos. Fedemos sobre as linhas brancas, sem lenço nem batom, mas rimos pela primeira vez em muito tempo. Não era algo que fizéssemos, não é nosso estilo, ir a duzentos por hora e rir. Querer viver e rir de novo. Entramos correndo, duas adolescentes com a pele melecada, e tomamos banho.

O TELEFONE, MAMÃE. Já está bem. Já caímos, já estamos de novo arrumando a despensa e varrendo, os ovos quentes rindo na frigideira. Onde está. Qual ponto você quer? Não me faça olhar pra você de novo. Não vou te dar, não vou ceder. Olho as vasilhas penduradas que pusemos com tanto esforço. Olho os azulejos colados um ao outro. Olho as paredes e as fundações, os pedaços de pão. Dá pra mim, vai. Por que você quer ir embora de novo, estamos nos virando as duas, sem a ajuda do doutor Mister Faca, sozinhas no meio desse monte de velhos, estamos conseguindo e o dia fica lindo assim. Piquenique? Eu deixo a rede pra você. Dá pra mim antes que os ovos passem do ponto e você acabe chorando como sempre diante do prato frio. Eu deveria fritar esse seu telefone de merda! Dá pra mim agora mesmo. Deveria enfiar ele no forno. Como queira, então, mas está avisada, e sai da cozinha com as mãos ensopadas e entra na escuridão do corredor e volta a sair para a luz da sala, que, no entanto, agora está escura, e o joga para mim.

SAIO SALTITANDO. Tem uma mensagem dele e é uma rajada de faíscas como uma ejaculação que me devolve à vida. Escala dentro de mim como uma doença. Ligo para ele, o escuto, vem. Eu o espero no cruzamento da estrada, debaixo da ponte com cartazes de extrema direita e grafites de drogados. O que dá para entender fora dessa asfixia. Minha cabeça é uma grande luminária, intermitente, alguns momentos os motores passando a toda. Um caminhão e, em cima dele, uma dezena de carcaças de carros velhos. O caminho para o ferro-velho. Faz tantos dias que não o vejo. E, enquanto estou na antessala, sou um besouro me revirando e tenho pulsões fugazes de buscar o branco. Pulsões rápidas de buscar o puro. Ver apenas os galhos das árvores por uma fresta. O ar transpira. Os cavalos, o capim, a bosta, o ar estão cobertos por uma só peça. Tudo está coberto pela compulsão. Aparece. Subo no carro. Entramos no motel. Não houve nada no meio, nem paisagem, nem movimentos, nem espaço-tempo sucedendo-se até o quarto. Só um corte, um salto. Fico de pé e minhas veias se dilatam. Ele abre minha calça, eu a escuto cair. Me vira. Me abaixa a calcinha, sua mão entra em mim como um objeto. A força destruidora do sexo apaga com uma paulada a cabeleira loira de mamãe de costas, de frente, correndo até mim na borda, esfregando o sal do forro do maiozinho, no meio de uma tempestade de areia. As vezes em que me colocava no trem da alegria com musiquinha e ia tomar seu aperitivo enquanto eu acenava para ela lá de cima, a cabeça em cores. As vezes em que a buscava entre outras senhoras, que dava a mão para uma desconhecida. Tenho essa monomania, quanto ainda pode subir. Mas escala. E enquanto o quarto existe tem a clareza de um machado.

DEPOIS, SE NÃO ESTIVER DELIRANDO, disse que não vai mais poder vir com tanta frequência, queria dizer alguma coisa e não podia. Ainda que o tenha dito claramente ao passar debaixo da ponte e o eco repetiu. Que a sua situação, que

o contexto, que ser responsável, que vamos nos ver,
que não tem como a gente não se ver, que não estou
dentro do cérebro dele para entender, que eu entre
um segundo dentro do cérebro dele, mas que não vai
poder dirigir até aqui tanto assim, que põe tudo em
risco, que vai me escrever para o próximo encontro.
Eu o escutei com a reverência e o assombro de uma
débil mental que se embaralha e se perde em mil detalhes à sua volta, uma praga de micróbios sobre a
esplanada. Confundo o balançar dos animais com o
das plantas, as lagartixas insoladas enfiando-se nas
bocas de lobo. E tudo ao final foi difuso, impreciso,
brumoso. O que ele tinha me explicado? Continuávamos ligados. Minha boca feito um alongado focinho. De onde vinham esses vocábulos? Por que havia
preferido esses a outros? Que idioma escolher para
batizar as coisas? Como alguém é capaz de falar?
O que tinha dito. Eu tinha esquecido. Era o líquido
espesso da saliva se acumulando, desfazendo-se, no
seu palato. Essa transmutação de boca em divindade. Como uma doença genética incurável, terminou
seu discurso e nos beijamos. E beijar-nos foi como
avançar com a faca em riste.

ENCONTRO UM BILHETE PREGADO NA PORTA, "Não
durma tarde e amanhã vamos navegar". A
casa está cheia de roncos, e somos só duas
pessoas. Sou um espectro, caminho com a

barriga apertada, com o demônio na pança, cai aos meus pés, vou de um quarto a outro. Não há nada, nem mesmo dor, não é isso, é mais como azulejos frios, se de nada vale entregar a cabeça ao tigre, de que servem os dias. Procuro alguma coisa pela casa e não sei o quê. Perambulo, vejo mamãe sem contornos se lavando, se arranhando. Tarde para ter vivido, cedo para se eliminar. Eu me enfio na cama dela, não a acordo, trepo nela e a abraço, estou perdendo consistência e só há um tipo de ideia. Só a ideia de amor de um homem que vive com outra, que ama outra, a centenas de quilômetros.

VOU DORMIR COMO O EXERCÍCIO DE OLHAR FIXO PARA UM BARRANCO antes de pular. Estão me amamentando. Eu me divorcio cerebralmente de tudo e já não estou nessa casona entre as pernas da mamãe nem com a boca sorvendo seu mamilo. Já não tenho esses velhos por vizinhos, mas estou ejaculando sozinha num campo entre a relva alta e fresca. E ouvem-se rugidos que não se aproximam. E minha mão é um instrumento melódico e vibra. Estou totalmente desacostumada à sociedade, tempo demais passando a manhã feito uma cabra velha, os dentes fedendo, o corpo rançoso, a pele cheirando a cebola frita, a bactérias, a nódulos mal curados. Um cachorro que amarraram vezes demais e que agora vê um bebê e rosna. Posso me declarar a favor do fascismo, da pena de morte, de queimar caravanas de ciganos. Não controlo meus esfíncteres, não agradeço nem cumprimento. Faço exercícios de imobilidade sobre espinhos, de crueldade com indigentes, de silêncio absoluto. Estou ociosa no meu porão, no meu gabinete. Estou trancada e cheiro a gases. Lá fora brilham os pinheiros e o sol brando. Lá fora, as pessoas também vivem em lares como este de teto baixo e empilham suas botas de borracha e suas conservas vencidas na *cave*. Lá fora, passam o dia largados em suas cadeiras de balanço comendo fruta enlatada e roncando. E têm vidas como esta, o peso quente de uma lombriga em nosso abdômen.

E CRUZANDO O CORREDOR até minha cama tenho a visão de alguém de quatro e minha cabeça reclinada sob seus genitais duplos. Minha boca aspira esse ar mágico. Esse ninho. Tiro a roupa, me deito, apago a luz, assim ou em qualquer outra ordem. Tem alguma coisa queimando, mamãe.

ENTRE AS SEIS E AS OITO DA MANHÃ engulo um bocado de pessimismo de rara potência. As pessoas que vejo, o vizinho ainda vivo, mas com uma bola na garganta debaixo do lóbulo esquerdo, cortando sua grama com a senhora que lhe faz companhia e cozinha para ele, os ossos cada vez mais finos. Mamãe dormindo, o ombro com escoliose faz dela um jacaré. Não só a comadre, a dentadura, tudo encolhido e frágil. Também o pôr do sol vermelho fluorescente entre as oliveiras ou sobre o mar negro. Também o mais puro amor. Um casal da região, ele com bengala de cabo de casco, ela uma mulher de bicicleta que cairá no esquecimento. Chovem pedras, impossível sair. Pedras que caem rodopiando entre as árvores que as detêm. Pedras perfurando as colmeias. Pedras batendo no canal, nas frutas de verão sedosas, nos caroços pelo caminho. Pedras partindo as babosas brilhantes. Masturbação e letargia. E a fatal perda. Não vamos navegar e passaremos o dia jogando bridge, gamão, *scrabble*. A corcunda da mamãe vai crescer e haverá o momento em que diga, sou ela. A morta que carrego passeia levantando o bico pelo terreno molhado de morangos selvagens. Ela a quem levo desfila, e o tamanho de seu clitóris titilante é cada vez maior.

ME DESPERTA O CLIQUE-CLIQUE DE UMA C11 TACTICAL EQUIPADA COM RAIO LASER. Ou um cheiro de turfa no ar. Ou muros de pedra e musgo. Me desperta um amor agridoce que não existe. Não um amor, dedos longuíssimos e salgados. Restos de merda de vaca no ar. Me desperta a impressão de que tudo quanto não seja ele ejaculando na minha bunda me incomoda. Mamãe em cima de mim excitada e eu que sonhei com ela esmagada por um carro com câmbio automático. A motorista de óculos grossos gritando entre seus órgãos, que horror, mas várias vezes. O ar cheira a gasolina. Jogaram em cima do ninho dos zangões, agora as galinhas estão rodando frenéticas. Vou desmaiar, mamãe. Sonhei que você era retardada, me confundia com outro, ficava com ciúme de mim, dizia para as enfermeiras de plantão que eu era seu príncipe, e elas piscavam para que eu me fizesse passar por ele, seu pretendente, e você me enchia a barba de beijos. Noite corrompida, noite de trovões brancos sobre morcegos. Você está exagerando. Vou sair, cai fora, vou respirar partículas e sugar os lábios, é a minha técnica, às vezes consigo. A vibração dele. Passo o tempo procurando buracos onde me largar. Desviando dessas gordas mariposas noturnas. Pronto. Vamos chamar o médico. O mesmo da experiência da faca? Despertar muito cerebral. A senhora tem que pôr à prova suas pulsões, tem que pegar a faca pelo cabo e se aproximar devagar para ver que na verdade não vai enfiá-la. Que método mais estranho, mamãe, estive por um fio de te cortar. O vento que sopra me traz o cheiro dele. A mãe natureza o traz do estábulo. Faz o favor de se acalmar. Que mãe natureza o quê. É bosta o que traz. Raios radioativos, poluição é o que traz. Vício. Penteia esse cabelo, se recompõe e vamos sair. Sabe quando o caldinho que se forma pouco a pouco entre as pernas começa a escorrer? Quero esse desajeito, essa coisa moluscosa que não te deixa andar, que não te deixa viver.

AQUI ESTAMOS no quarto de hóspedes, grande, despojado. Um eco de enxame de moscas e varejeiras, de pássaros diversos com bicos longos como chifres, o barulho do canto de uns sobre os outros. Mamãe estica seus cabelos loiro-cinza, na cama, suavemente. Sua camisola é uma túnica. Que tal irmos navegar? O acúmulo de pedregulhos neste tipo de casas construídas há séculos, a umidade das cisternas nos entontece. Vamos ao *pub*. Está fechado, é um *pub* noturno, quantas vezes tenho que te dizer, os alcoólatras não vêm de dia. Mamãe muda de posição, levanta de novo as pernas contra a parede. Procura se consolar do sentido impossível. E rimos, a gente toda hora se escangalha de rir. Duas maníacas modorrentas. Naveguemos. E nos empurramos e arrancamos da casa, equipadas como se fôssemos para uma aventura no Niágara. Caminhamos até o rio contornando a costa de cabanas e terrenos íngremes. Levamos um pau para espantá-los, mas os cães dos caçadores ladram para nós durante todo o passeio. Desde a última vez que um mordeu o traseiro da mamãe na bicicleta, anda abraçada comigo. Desamarramos um bote de plástico, subimos nele e percorremos o leito do rio. Remamos sobre a espuma tentando vencer a turbulência. Navegamos sob pontes romanas, sobre a ribeira que dá para povoados medievais, passamos por igrejas, entre a chuva grossa e quente. Durante horas não fazemos nada mais do que nos deixarmos envolver. Aqui e ali transborda sobre os canais e mamãe fica com medo, o ar fica cada vez mais revolto.

De repente há ondas, buracos, redemoinhos, não sabemos nos mover nem interpretar o rio, cada uma rema para seu lado. O vento nos leva até uma extremidade, e o bote encalha na terra mole. Mamãe desmaiou. Posso deixar que ela afunde e voltar para casa, quando der meia-noite ligo do telefone público do posto de gasolina para a emergência e explico que a perdi na inundação. E que, coberta com uma manta cinza, me tomem depoimento, impressões digitais, chorar no ombro de algum condenado. Ou posso ajudá-la a sair e escalar. Buscamos refúgio numa ilha redonda. Ficamos num pedaço de terra molhada e depois temos o impulso de tirar a roupa e correr tronco abaixo, tronco acima, perseguidas por zumbidos. Atravessamos as planícies como ilhas num mar verde, e em certo momento a vejo se agachar e ser uma indígena.

MAMÃE DORME COM HIPOTERMIA debaixo das mantas e das bolsas de água. Se subir a temperatura, emergência. Se tiver epilepsia, helicóptero. Se morrer nesta noite, sepultura. Estou sentada na cadeira azulada em frente à porteira, em cima da mesa há um prato com queijos e marmelada. Já começa o luto em vida. Os gatos e papagaios da vizinhança estão mudos. Pouco a pouco voltam como poções os fedores da infância, uma trilha de caça com árvores de grande porte de madeira perfumada e copa cônica ou vertical. As lojas de antiguidades, as estufas, os moinhos das áreas de construção, as casas de verão, um túnel cavado com pás velhas em um bosquezinho de cedro. Tudo sempre cheio de mofo. Tudo sempre, fungos, ferrugem, óxido. Mamãe me colocando nos ombros para que eu coma da árvore, mamãezinha me fazendo caminhar sobre um tronco caído, me mostrando o sexo, ansiosa à espera de que eu me vicie. Ávida por que eu cresça, medindo minha altura com um lápis contra a parede. Mamãe feliz quando minhas costas são cruzadas por um sutiã elástico e já falo palavrão. Mamãe sorridente no dia em que um homem me seguiu bosque adentro e me disse não tenha medo. No dia em que um homem me seguiu na escada em caracol me prometendo uma foto de quando era bebê. Satisfeita quando comecei a desenhar ereções nas mesas do colégio. Ansiosa para que fumássemos feito duas chaminés ao entardecer, para que fôssemos tomar uma num *pub* com marinheiros tatuados, para rirmos no balcão como duas caipiras histéricas e apertarmos bíceps. E termos fantasias sexuais à larga nos mictórios do lugar. Dançar um bolero agarradinha comigo sem ter medo que as autoridades a denunciem outra vez e que ela tenha que ir me buscar cabisbaixa. Tentando entrar em sintonia como as outras na delegacia. Que longos são os dias de verão, não é mesmo? Logo chega o inverno, a luz que termina com um golpe seco às quatro da tarde e as mortes por asfixia. Quero jogar longe minha infância como essas bolas que as corujas cospem com restos de dentes e cérebros que não conseguiram deglutir.

ME TRANCARIA COM ELE nos lugares mais sombrios, lúgubres e estreitos do mundo. Viajo na direção dele a noite toda, como um refrão infernal. Como um trombo. Perco tudo do pescoço para cima. Estou cheia, não cheia, repleta, não repleta, compactada. Sigo a excursão. Agora vejo homens lindos, bem proporcionados, não sinto nada. Passam ao meu lado e são corujas. Meu corpo se acalma diante deles. Não suporto pensar que mamãe tinha ondas de calor que a prostravam. Largada na cama o dia todo. E que me deixava na gangorra com o brozeador Rayito de Sol enquanto se lançava a comer os cabelos dele, um por um, feito sucuris. Não suporto pensar que vovó dormia com mamãe e que destilavam exatamente o mesmo odor no mesmo lado do colchão. As fibras coladas na fronha. Que mamãe penteava as tranças das vizinhas para beliscar seus jantares. Ou que se fazia de liberada, percorrendo as paragens com sua sede em troca de cheques. Todo mundo deve dormir sozinho, como eu, e não tocar ninguém além de mim. Uma manhã, mordida de ciúme, pelos espectros do ciúme, acordo antes dos outros. Às seis. Luz polida com sol forte e passarinhos sobre a roupa no varal. Os móveis recém-lustrados, a toalha sem manchas de doce, um silêncio de matéria sobre as coisas. Vou até a rede. Passo três horas nela pensando. Voo de febre. Mal toco a relva, flutuo com patinhas de quero-quero, sabor de caramelo e vagina sem pelos. Pensando nesse ciúme. No ardor quando mamãe acaricia outro. Ri com outro.

No insuportável ardor de escutá-la gemer como se estivesse mijando, eu esperando por ela nos pórticos, saltando sobre as tubulações, cantando ao contrário. Enquanto me balanço, decido que não vou mais ter ciúmes dela, vejo esse dia de menina, algo fervia na panela, um guisado ou um macho recém-guilhotinado, algo dourava pesado na brasa, quando me dominei. Desço, saio da nuvem. Ao meio-dia me mandam lavar as mãos.

OLHO O TELEFONE E NADA. Nem uma só mensagem escrita em todo o fim de semana depois do quarto vermelho. Nem uma só chamada perdida desde a penetração de pé e de levitar. Da mão segurando o pescoço e o pelo sumarento. Da explosão do impossível. O impossível a seco. Nada, repito; nada, repito. E olho o telefone. E o deixo. E volto a olhar. Renovo a sequência. Olhar, ficar enfurecida, assustada, deixá-lo no chão, olhar de novo. Deixar o telefone virado em cima da mesa, na relva, pegá-lo cheio de formigas, soprar para que nenhuma entre, não encontrar nada. O mundo assume bruscamente o aspecto de um céu turvo. É o momento crucial no qual alguém sensato decide partir. Tomar um ar, empinar o peito e arremeter. Tomar um ar, esticar as pernas e abrir o portão. E tudo teria sido começar uma nova história em outro lugar. Algum dinheiro, uma mala com roupa, uns quantos documentos falsos são suficientes para começar. Com quase trinta anos sou jovem. Cumprimento os vizinhos, muito prazer, e me dirijo à porta, cumprimento mamãe, sem temer o estampido de uma flechada. Outro estado, outra vida, outra pessoa, aprender o ato reflexo de me virar quando dizem meu novo nome, nem feminino, nem masculino. Ensaiar assinaturas, trocar o vestuário e o penteado. E amanhã mesmo dormir em um colchão como uma desconhecida. Ou encompridar os olhos. Engulo o doce caseiro e dou longos passeios mentais. Tenho medo quando olho de novo, mas tem que haver alguma coisa. Tenho medo de dizer mamãe quando ela acordar de um salto no meio da noite. Medo de escutar filha em sua voz convulsa. E vem uma enxurrada e é outra vez de madrugada nua na piscina redonda de plástico, mamãe aplaudindo minhas duas incipientes tetas. Tinha terminado de jantar com doze anos e contra o céu havia antenas, asas, assobios. Saí para ver a escuridão, dar braçadas, queria extrair seiva, néctar e com minhas mãos no meu corpo desvestido tudo era extremamente belo e novo e a eletricidade caía na água, deixando-me só. Era a primeira vez que me masturbava de medo, até que a vi. Tinha estado tocaiada em seu casaco de couro, com o cigarro apagado e o mesmo gesto de bater a cinza. Como uma capivara que não quer se deixar ver e se torna relva. E começou a aplaudir a perversão do amor cada vez mais forte, bravo, garota, você é a luz no fim do túnel, parabéns, você já é uma bela fêmea, bravo, filha, você é uma mulher e tanto. Me cobri e saí correndo.

COM O VERÃO COMEÇADO abro um olho em plena madrugada. Aqui e agora uma noite de sol infernal. A casa funciona como um pesadelo quente. Tomo um traguinho. Caminho com os olhos horrendos, giro feito uma cabra para procurá-la de todos os ângulos. Seus lençóis de seda estão misteriosamente frios, suas perucas penduradas, seus sapatos em ordem, seus vestidos passados. Tenho essa amargura na boca, esse gosto traiçoeiro de realidade. Perco o pé. Não encontro solução alguma, só anseios de matadouro. Os remédios são provavelmente anzóis com isca, tudo está fora de controle, ontem ou inclusive agora mesmo, enquanto olho o campo se abrir, tudo começa a ser lembrança, brisa queimada. Tudo é arquipélago. Minha casa tem vidros de formol com ratos. Mamãe os recolhe com uma pá e os empurra com uma escovinha de cerdas grossas. Ela mesma os traslada e os introduz no vidro, não sei de onde tirou a receita para conseguir o formol, mas o injeta neles e se maravilha ao se levantar e perceber que os órgãos e as vísceras se tornaram um corpo rígido. Olha, essa ratinha bebê é mais dura que uma pedra. O que aconteceria se tomássemos umas colheradas? Deveríamos tentar injetar formol na carótida e tirar sangue pela jugular enquanto estamos vivas, anestesiadas, não é mesmo? Você acha que poderíamos escolher de que forma seríamos embalsamadas? Mamãe não está no banheiro, não está repartindo o cabelo na rede, não lê uma revista de decoração campestre na cozinha, não toma café descafeinado no corredor. Cada buraco está coberto com galhos retorcidos, talvez seja isso. Tenho pouca idade e mamãe olha meus dentes e os escova até o vermelho. Tenho mais idade e mamãe me constrói uma cabaninha sem teto entre as serpentes. Não chego à cadeira e já a descubro de quatro. Há insetos no seu quarto, apareceram por esses dias, insetos resistentes ao calor. Picam nossa cara, nossas mãos. Não sabemos o que são, então compramos uma coisa que cria uma neblina venenosa. O vendedor aconselhou que viremos o colchão e tiremos toda a roupa do armário, vou cumprir ao pé da letra, arrumando seus frascos e remédios em fila. Enquanto estiver fervendo algo na caçarola vou fechar portas e janelas e jogar aquilo. Onde é que se meteu agora. Há um tremor nas ervas daninhas, tenho que sair para cuidar da minha plantinha, tenho que aquecer meu ninho. Já dava para ver que tipo de mãe seria, dava para vê-la subindo o monte com seu bebê amarrado às costas. Sem querer saber o sexo no terceiro mês, sem querer saber se tem alguma má-formação. Eu me pergunto se não estava se fazendo de grávida enquanto eu estava lá dentro, se no fundo pensava que carregava uma amêndoa. Acendo a lanterna, me cubro de repelente e saio para procurá-la. Depois, comeremos lebre fria e ficará grudada no céu da boca. Depois, os talheres engordurados na lava-louças, e outra vez amanhecer. Porém mais tarde num domingo fumamos no campo aberto entre faisões largados ali pelos caçadores.

CAMINHO PELA ESTRADA PRINCIPAL sem saber se vou em frente até a curva da ribeira, se cruzo o descampado rumo à casa dos ovelheiros, se atravesso a trilha no sentido do hangar dos monomotores. Ou se me enfio na casa do cuidador do porco cujos miolos eles estouram. Mamãe não deixou rastros. Eu me afasto da casa e me movo pela estepe como uma miliciana com cartucheiras de couro e balas para abater um regimento. Deve estar comendo plantas, mastigando uma por uma sem deixar a boca vazia. Sorrio. Mamãe deve estar dando pulinhos. Uma praga de insetos aquáticos me cerca, os nichos das abelhas. Bactérias me cercam. Estou de pé com vontade de arrancar tudo com um corte brusco no talo. Suar, destilar, ver um grande tronco desabando. A tocha cintila. Eu me distancio e o fio metálico me inclina para baixo. Cortaria tudo com minha língua de aço. Corro, corro como uma *viking* enfurecida, corro como uma purificação lançando golpes alucinados com minha navalha. Faço talhos e levanto com força as raízes aferradas da terra frágil, faço talhos nos galhos e no ar. Eu me atiro num poço de água quente, uma sauna em pleno morro. Mamãe, estou molhada, brotada, e é uma batalha contra um jaguar. Pouco a pouco despenca a madeira morta de cada árvore e só sobram a relva baixa e os matagais. Ela não aparece aqui tampouco, nem na intempérie, nem oculta debaixo dos cogumelos como alucinógenos. Sempre a mesma coisa, ela escondida e a menina de mão dada com um desconhecido que lhe acaricia as veias. Mamãezinha, mamãezinha, pergunto de casa em casa. Mamãezinha, mamãezinha, pergunto nos armazéns. Sempre o mesmo ato, mamãe abre as janelas, faz barulhos de catástrofe, mas no final estava viva, e eu tremo durante dias. Ela e seus fingimentos. Eu nua ou de calcinha rosa. Volto derrotada pela vala. Acelero. Derrapo. Ainda não cruzo com ninguém e já se assoma o que chamam de dia. Árvores brancas. Colinas. Árvores brancas. Colinas, colinas, árvores brancas. Talvez me espere com um pão recém-saído do forno e geleia. Talvez tenha um avental e palavras claras. E no alto há uns discos voadores. Não tenho a menor ideia se são espécies florestais únicas, se têm polpa, se são frutais ou exóticas, palmeiras, pinheiros, vinhedos, loureiros ou álamos. Não penso na origem do mundo nem em aprender denominações. Um monomotor levanta voo. Dois homens se enchem de farpas, coletam ovos, alimentam bichos. Onde diabos está. Por que o dia continua. No meu caminho de volta distingo debaixo da ponte duas pernas como uma cabrita sem lã. Chego perto, olha para mim, se afasta e termina de encher o laguinho com sua vulva. Gritamos uma vogal debaixo da ponte para que retumbe. Muitas filhas e muitas mães loiras correndo ao encontro. Filhas e mães esmeriladas.

MEU RENDIMENTO NO TRABALHO É CATASTRÓFICO nesta manhã, palavras textuais do responsável. Não vê o que tem diante dos olhos? Não existe operação mental? De onde vêm essas palavras? Vou embora caminhando pelo estacionamento esquecendo de tirar o uniforme. Mas não encontro meu carro. É cinza como todos. Agora não o encontro. Assim como mamãe e vovó não me encontraram no *camping* e passei a noite deitada entre cordeiros, e os olhos deles eram bolas que me perturbavam. Entro no supermercado até que me venha a imagem de nós duas andando a toda. Por que agora chega essa evocação, e não outra? Estamos ele e eu passeando por uma zona rochosa, a cada dois ou três cascalhos paramos para nos beijar. Eu o vejo, mas não vejo o carro. De que marca era? Vejo sua língua. Tinha algo grudado no vidro? Fico em frente aos doces com surpresa perto da caixa registradora. Nenhuma criança parece intrigada com os pacotes. Bando de crianças caipiras. Crianças babonas de mãos dadas com as mães. Crianças já mortas em sua foto escolar. Ouço meu nome ressoar nos alto-falantes. Senhora. Senhora, me chamam. Tenho que responder à ordem da supervisora, vou receber advertência. Sou um produto das liquidações. Sou a velha que vem passear entre as caixas natalinas. Vejo que se aproximam de mim, parada de uniforme neste supermercado, me perguntam preços, corro pelo estacionamento, corro e vou pulando sobre os tetos dos carros.

PLANEJO COMO EXCITÁ-LO. Eu me concentro nele. Fico aturdida com a mão suja, alterada, as antenas de pé. Desmaiada, a cara inchada, continuo perdendo o pé. Ela detecta algo estranho vindo da horta, as mãos nas raízes, não acredita no que vê. O que você está fazendo aqui a essa hora? Já não teve férias suficientes? Você é inacreditável. Volta a dona da casa com a salada e a beterraba e a cara de boa matrona. Levante-se daí, levante-se agora mesmo. A consciência aguada da infância. Tudo está na experiência precoce dos veraneios fantásticos. Pescávamos em riachos secos e morríamos de fome, até que encontrávamos um cara com uma vara, a noite já avançada, e ela conseguia o jantar. Antes eu com os barulhos na barriga dando voltas pelos povoados, sentando-me com as pernas abertas nas escadarias das capelas, cuspindo no chão mensagens de socorro. Ou roubando pão do lixo. Mamãe de porta em porta. Mamãe com saltos de madeira nos tamancos. E eu dormindo, a cara no espaguete com molho ou no atum em azeite. E eu dormindo, babando nas mesas das tavernas onde dançavam com a pélvis e fumavam cigarros sem filtro. Deixa de desperdiçar seu tempo. Ela me acorda do sonho com uma pancada no peito. Te mandaram pra casa? Não é o colégio, mamãe. Que que te disseram desta vez? Diz exatamente o que você fez, deixa eu ligar pra eles, me passa o supervisor que eu explico. Castigaram você? Subo na onda da minha excitação. Lá na torre de controle bem alta nada interfere. A outra fala sozinha, soporífera, que o trabalho é o pão ou o sal, que o trabalho nos mantém sãos, e eu continuo risonha na minha mania. Aí vem até mim se esfregando, e eu o tenho largado em cima de mim, estatelado, me farejando. Há quanto tempo não metem em você, mamãe? Você é grossa, você é uma porca, e então enche a mão e me dá uma boa bofetada que soa feroz. A sensação de arrebatamento quando metem em você bem lá no fundo, mamãe. A felicidade fabulosa quando metem bem lá no fundo e tiram, mas voltam a entrar, como se resgatassem você de um lodaçal. É isso, já sei, enfia e, quando tira, mas volta, volta e estou à tona. Esse refrão de estar aninhada em seus braços, mas aqui, do outro lado do sexo, o refrão é infinito também. Cacofônico. Mamãe, o que te faz falta é o arroubo do sexo. A velocidade das veias no coito. Os gestos fanáticos, pungentes, as últimas teclas do piano.

Nada a ver com rezar, nada a ver com meditar. Mamãe se levanta com suas unhas. Ela me escalpela como se faz com cães chineses nos canis dos subúrbios. O horror, que caiamos em ruína. Se cortarem nossa luz, o que faremos? E sem gás? E as manhãs geladas sem calefação? E comer um coelhinho na mostarda, de vez em quando, seguido de um drinquezinho em algum bar moderno? E sapatos de couro e bolsinhas? Calculo pela velocidade com que morreram meus bisavós e avós que ela e eu não vamos demorar para chegar lá. Morreremos jovens e sexy, seremos as mais lindas do necrotério. E me bate de novo na mesma face. Ela me puxa pelas pernas, me arrasta pela relva. Não estou neste mundo, mas em outro, muito, mas muito mais celeste. Infinitamente celeste. Celestial. O mundo do vaivém sexual. Do ronronar idiota. O mundo possuído do sexo com portões. Viu que aprendi a lição. Tem uma força enorme e mal me sacode. Agitada, se dobra em dois, asmática, já não sabe como fazer com que eu reaja. Mas desprezo esta vida em que a certa hora, na cozinha, a água levanta fervura.

ALGO MORDE MINHA CARA. Não tenho espaço em mim. Mamãe me dá a beijoca de boa-noite, a criança no meu ventre como se numa máquina de lavar. Tudo começa a se desconfigurar muito lentamente, o bebê se rasga, perde aspecto, você esteve aqui, diz, estufando a barriga, aqui mesmo, bota a mão. Me sugou até os ossos. Traz o cabelo escovado e está lindo, parece radiante por ter me feito. Mas a vejo com pouca energia, uma velha que chega agitada para jogar o lixo fora. Amanhã te acordo cedo e te levo. Minha mente sustenta objetos no ar, de repente descubro que o teto está muito alto. Mostro a mamãe minhas mãos sob a luz. São bonitas. Vamos conseguir tudo, e passa creme em mim, dedo por dedo, ruga por ruga. Amanhã de manhã vamos consertar, vou te dar um bom café da manhã americano. Boa noite, ela me cobre, a carícia na testa da loira sem moral. Com a historinha do lobo com pedras em vez de cabritos ou a das vacas como estacas, vacinadas, castradas, vermifugadas. No entanto, ao ouvi-la se enfiar na cama, só consigo pensar em uma noite nevada no campo. Não sei por que em uma noite lentamente nevada no campo.

SALSICHAS ALEMÃS, RABANADAS, OVOS MEXIDOS, canela em pó, tudo apimentado e crocante. Não se altera quando demoro e enrolo debaixo dos lençóis. Vai comigo até o banheiro, acende a luz para mim, me senta na privada, as perninhas penduradas. Está divina nesta manhã com seu coque trançado, seu colar de pérolas e seu vestido casulo. Exala perfume de agulhas de pinheiro, arruma minha blusa, amarra minhas sandálias. Procura música leve, de praia. Vamos cantarolando qualquer coisa por entre as fábricas de madeira sintética, as zonas industriais com suas lojas de brinquedos por atacado, os comércios de jardinagem e móveis para ambientes externos com chuveiros de aço e grandes vasos de cerâmica. Paramos o carro no estacionamento vazio ao lado da pilha de carrinhos de metal aonde me leva para passear e me usa de bichinho de estimação. Dá a mão para mim, mas a solto. Está nervosa, me acompanha até minha prova de dança acrobática e sabe que vou cair ao fazer o triplo mortal sobre a trave. Fecha os olhos quando caio. Está bem, já passou, e avanço uns passos, mas ela dá duas passadas para atrás. Vou com você, ponho a culpa toda em mim, que que tem. E entra, tento me afastar, que pareça uma cliente, vou diretamente para os provadores. Ela sorri para todos, se dirige ao balcão. As funcionárias e o supervisor percebem que é minha mãe antes que abra a boca. Eu me enfio no quartinho, fecho a chave, tiro a roupa, ainda sinto o cheiro. O perfume exato de mamãe. Troco de roupa rápido e abro de supetão, já há clientes se olhando nos espelhos e para lá e para cá com cabides. Fazem um sinal para mim de um balcão, é fato, mamãe incomoda com suas explicações e seu linguajar, querem tirá-la dali, mas não sabem como. Mamãe gesticula, puxa o cabelo para trás, apoia o peito, acha que está ganhando, acha que é uma mulher distinta. Uma cliente gruda em mim, avançamos feito carrapatos. Ela observa satisfeita toda a minha conversa sobre tamanhos, preços e tecidos. Aprecia minha agonia. Levo-a até os detectores de alarmes, a empurro, vejo-a ir embora com a bolsinha pendurada e sentar-se no carro, a me esperar em pleno sol.

PASSO AS MÃOS VÁRIAS VEZES NO CABELINHO, sacudo a modorra nos provadores com espelhos de pé. Várias vezes ao dia o céu está brilhante demais, aturdido demais, ela sentada o tempo todo no assento reclinado. Pela janela a vejo entrar no supermercado e sair com uma latinha e um sanduíche. Mas durante a tarde seu pescoço pesado de pérolas para trás, uma vítima calcinada. Mas depois o estacionamento lotado e alguns funcionários vendo-a dormir ou babar pela janelinha. Continuo de pé, cada minuto vou ao reservado para ver se a luzinha vermelha acende. Sou interceptada, o que é que estou fazendo tanto tempo no banheiro, eu tenho que atender aos clientes, repor mercadoria, ficar à vista. Mamãe morta ao sol e eu nesta caixa cinza de metal. Mamãe decompondo-se em rosa e eu nesta geladeira. Mamãe são pérolas quicando no estacionamento como chocalhos. Começo a escutar o piano, se não me escreve dentro de um minuto, vou me jogar no carpete. Se não me escreve antes da saída, vou arranhar. Já falta pouco, mas meus dedos me desabotoam. A metade do corpo para fora e tenho o olhar dos demais. Aproximam-se, antes que possam me tocar vou em direção à pequena câmara de torturas e pego meu telefone. Não é permitido o uso de comunicadores privados durante as horas de trabalho. E me olham com piedade. Uma louca que acaba de arrancar o feto fora da gestação. Olham para mim com falso entendimento. Você não terminou o dia. Você está quase ficando nua. E saio. Eu me jogo para fora da porta automática e suas lâminas. Corro, corro como uma maldita doente dos troféus. Corro sobre o concreto fervente como uma atleta com pernas novas, corro para deixar jorrar o mal em mim.

FREIA DE REPENTE SOBRE O ACOSTAMENTO. Olha para mim. Sei que teria me enfiado uma agulha de tricô, mas tem a cara e a boca secas demais. Podem ser seus últimos minutos, então a aperto com força. O que você fez, cretina, e me devolve ao meu assento. Apoio o pé no porta-luvas e o encho de pozinho de terra. Eu me desfiz deles, que que tem. Que que tem? E agora? Dizem que não pode usar o telefone durante a jornada de trabalho. Você também pode sair para trabalhar, hem. Ela emputecida em um ambiente pequeno é perigosa, então, quando desembesta, salto fora. Ela sai também. Precisa de água. Um galão inteiro. Tento fazer com que caia uma gota de Coca-Cola ardente em seus lábios. Engole saliva. Não tenho. Acumula um pouco, você não sabe juntar saliva? Você não sobreviveria no deserto por mais de um minuto. Pra que caralho eu ia querer sobreviver no deserto por mais de um minuto? Você me vê em um deserto? Tenta se abanar com as mãos, mas não consegue e se apoia no carro e uiva. Quem era a cretina? Estica o braço para me bater, mas me esquivo com facilidade. Ter acabado de uma vez por todas com o rito da infância e ter movimentos de carateca. Não sou sua escrava, sua indiazinha trazida de terras longínquas, sai de mim, vai você deixar teu currículo na *Mr. Buffalo*, na *Go Sport*, na *Tao Chi*, a nova aposta do bairro chinês, te colocam umas botas com cadarço vermelho até o joelho e não precisa falar inglês. No dia do seu aniversário almoço grátis para dois. As botas com cadarço não passam pelos meus joelhos. E desata a chorar. Chego perto. Não tenha medo, mamãe, aqui se vive sem nada, temos terra, temos água, temos verduras e luz natural, que mais podemos pedir. Duas beduínas fracassadas. Uísque, ostras, conversíveis? Sua cara sedenta não me deixa responder. Sua cara de sofreguidão pelo álcool, de excitada à qual não permitem morrer nem tampouco perder o desejo. Continua chorando no osso do meu ombro e me dá câimbra. Vamos continuar vivendo. Mas como, temos boletos sem pagar pela casa toda, não vão aceitar você em outra loja da região, aonde podemos ir, como vou beber, onde vamos parar. Uma horda de motos de competição entra na rotatória.

AS HIENAS CORREM enquanto nos olhamos, os pés sob o verde crescido. O chamado da manada para assediar. Como puxam a trufa da pequena, que doentes essas hienas, não dá para derrubá-las com alguma coisa daqui? Isso fede, diz mamãe olhando para o bosque, e vai se sentar na rede. Com o que você quer acertá-las, com um coquetel molotov caseiro? Quanto dinheiro vivo a gente ainda tem? Já se esqueceu da cria, eis quão rápida é, já nem vê os restos fundindo-se na granja. Não sou um banco de província, não sou uma porra duma caixa econômica. E mamãe faz sua cara de compungida, e penso em lhe fazer um carinho. Grande vantagem as mulheres com cabelos lisos e macios, em geral cor de mel e cheirando a limpo. Podem dizer a coisa mais imunda, ser umas déspotas, mas logo você fica com vontade de passar a mão aberta pelo cabelo delas. Quanto nos resta, por quanto tempo poderemos viver. Poderemos viver décadas inteiras sem esse salário porco que você gastava nas gôndolas de refeições industrializadas. Eu, na minha idade, não vou ficar cozinhando, envelhecer antes do tempo, prefiro o porta-joias com o comprimidinho mágico. Se continuássemos comendo essas caixinhas de plástico, íamos explodir. Quanto nos resta, não é uma pergunta difícil para uma garota esperta como você. Saio e me segue, sempre penso que, se eu parar de chofre, ela quebra os dentes. Esvazio as bolsas e os bolsos, o estojinho das notas. Conta sobre o acolchoado, separa por cores, as moedas grandes à parte. Conta de novo, molha o bilhete, sua língua verde e rosa. Olho uma brisa balançar o ar detrás do vidro grosso. Deixa cair as mãos, se abrem os dedos. Não chegamos a três mil. Ou comemos ou enchemos o tanque. Não vou vender nada, não posso me desfazer dos vestidos da mamãe, diz. Choraminga, embora tente evitar, são bordados à mão, tinha quinze anos e os fez à luz de velas. Agora ama sua mãe de merda. Agora se comove com um bordado. Antes que a lágrima chegue ao colchão, saio. Aonde você vai, vem a galope. Ligo para o número secreto. Vou me afastando enquanto soa o toque. Minha vida pende de um fiapo idiota. Responde em voz baixa, dentro de um cubo, bem quando mamãe me agarra a perna com a mandíbula. Estou em uma reunião com um cliente que representa quarenta por cento do faturamento anual, estava pensando em você. De que me serve que você pense em mim? Quem entende a lógica depravada dos homens? Ia te escrever. De que me serve que você fosse me escrever? É uma piada? Ia te dizer que sinto sua falta, o cliente está me olhando com o rabo do olho, seus investimentos representam a estabilidade financeira de... De que me serve que...? preciso te ver hoje, perdi o emprego e estou com uma calcinha linda. Hoje é difícil, que cheiro tem a calcinha. Preciso que seja hoje, seus clientes vão estar todos arrumadinhos em suas tumbas de clientes, e eu com a calcinha enfiada no rabo. Um pouquinho, não mais de duas horas, não posso chegar tarde, minha língua untando seu rabo, meu dedo entrando no seu cuzinho, essa noite tenho que ir buscar a... e desliguei vendo as viúvas dos clientes depositando a florzinha infecta de suas recordações. A lagriminha da cerimônia de adeus com o traje, o gesto e o discurso de que lá no céu vai estar melhor. Mamãe aparece enrolada no cabo de um ferro de passar velho. Vou pôr ordem nesse chiqueiro, diz, o cabelo preso. Já é hora de isto virar um lar. Quê, vai sair? Volto em umas horas. Te espero com o jantar pronto, e se vira e se afasta simulando o passinho de esposa domesticada, mas até que é uma. A hora exata antes de encontrá-lo é tão lindamente sórdida quanto se atirar de cabeça em um riacho.

ACHO QUE NÃO PENSEI REALMENTE EM NADA a minha vida toda. Chuto pedras ao lado do caminho. Agora sou uma turba de aves noturnas. Agora sou uma impossível horrível maravilhosa noite. Agora uma avalanche oca. As pessoas voltam às suas casas depois de falar nos escritórios públicos ou viajar nos trens vindos da cidade e deixam os jornais em forma de tubo sobre os assentos. Faço o ligeiro movimento de cabeça que significa que estou cumprimentando. Algum motorista de carro me oferece carona. Trocamos duas ou três palavras. Como os carros da infância nos quais os homens se acariciavam enquanto me perguntavam como chegar ao cruzamento da linha do trem. Esse movimento embotado. A barriga da mamãe criou luto, gestou luto, engendrou uma planta carnívora, e aqui estou divina no meu short e na minha camisetinha justa. Mas amnésica sem ele, purgada. Os homens perdem tanto tempo enquanto dormem e molham seus pés. Penso nos sexos da mamãe e do senhor aparafusados fazendo-me menina. Penso em nossos sexos peludos inventando filhos. Aí vai uma mãe com as mãos atrás das costas. Aí vai outra mordendo o pescoço da cria. As nuvens não me resgatam hoje, não me aspiram. Faltam menos de cinco minutos. Como se pode descrever isto. Faltam menos de três minutos. Passa um carro. O vento alivia a tropa. Não se pode. Aí vem. Chega perto. E é como deixar cair malas pesadas de uma longa viagem e olhar os dedos latejarem.

AÍ ESTÁ, QUE SORTE, GRITA. Pensei que tivesse fugido a galope com o cavaleiro de armadura. A julgar pela sua carinha de cansada, você se deu bem. Bom, se deram, não é que você estivesse sozinha na cama, mas realmente poderia ter tido mais consideração comigo, essa coisa de hoje é você amanhã sou eu. Não estivemos na cama. O que é isso? Nós nos mudamos para um castelo? Onde é que vocês fazem então? Não me diga que no curral abandonado. Você não consegue imaginar nada melhor que um curral ou uma cama? O estábulo, mas está imundo, os que vão ter seus filhinhos deixam por lá os líquidos que lhes saem do nariz e do ânus. Trabalhadores e operários também poderiam ver vocês, não te aconselho, falo porque sei, duvido que a higiene tenha mudado em vinte anos. Que que você tá dizendo. Você se espanta de a tua mãe ter sido galinha também?, eu ficava de rala e rola e voltava fedendo com a cara tensa. E me escondia da avó dentro da carreta ou me largava assim como estava, para reviver tudo. Não quero falar disso, por que esta montanha na frente da porta? Quando você entrar em casa, vai desmaiar. Acho que foi a primeira vez na minha vida que li de cabo a rabo a etiqueta de um produto de limpeza, para mim detergente e desinfetante eram a mesma coisa, pois não são, aprendi muitas coisas na sua ausência, imagino que você também. Bom, também não estou pedindo detalhes, posições, quantidade, se disser se foi bom já me basta. Você não vai acreditar, mas gostei de limpar feito uma possessa. Você virou a água sanitária, mamãe? Passar aspirador tem sua graça, varrer também, te libera de pensamentos incrustados. Que beleza é a alienação, recomendo! Arrumei seus shortinhos, segundo quão bem ficam em você, assim que pudermos vamos à feira te comprar uns sutiãs com aro, estão em petição de miséria, e, cá entre nós, te deixam com uns peitos de velha. Levanta as tetas até o pescoço, junta, para parecer que são uma só grande. Se eu fosse habilidosa, eu mesma te fabricava uns. Bom, diz alguma coisa, me deixa passar, vai ficar complicado entrar com tudo isso, licença. Amanhã começo a vender. Com certeza em *Villechaud* ou *Bohème* encontro compradores. Dá pra ver pelo tipo de piscina e de portões, além do que todos têm pedrinhas na entrada. Em geral são portões automáticos.

Pela raça dos animais de estimação também dá pra achar que são famílias de classe. Gosto de parar com a bicicleta e cumprimentar o jardineiro, o dono da casa, trocar umas palavrinhas, como vai o patrão. Preparei o jantar pra você, sem nem uma gota de maionese. Mamãe, é impressão minha ou você está meio altinha? Está falando sem parar, não fez nem uma pausa desde que cheguei. Tomei dois chás, só isso, depois me larguei em cima dos brotos de hortelã para meditar e escutar o galo, entre parênteses, o galo diz alguma coisa quando canta, amanhã presta atenção. Vai deitar, mamãe. No fim das contas, depois que passa a lambança, o sexo não te parece repugnante? Não deixa meditar nem durante, nem antes, muito menos depois. E você diz que foi só chá. Foi só chá, de canela e maçã-verde, largada sobre os brotos mais altos de hortelã, e pensava, filha, pensava, sabe em que pensava?, em uma ilha dourada e em alguém sorrindo para mim sobre as águas, ao redor tudo apodrece, vejo as caudas escamosas dos peixes lutando sobre a areia quente.

PRIMEIRO DIA ÚTIL SEM TRABALHAR em uma década, fico enrolada no acolchoado de plumas tomando Coca-Cola sem gás. Algo engole meu coração, algo o percute. Não posso dizer que tenha sido ela que foi embora na primeira hora com o carro estourando. Nem ele, no dia seguinte estou compensada. E então o quê. Leio o céu como orações bíblicas. Eu me vejo esmagada de bruços, a cara achatada na escória. Não sinto fome, não sinto sono, não sinto vontade de trepar. Não sinto frio, não sinto nojo, não quero estar enfiada em outro corpo e, no entanto, algo engole meu coração. Vi a mamãe manobrar em marcha a ré com o vidro coberto de objetos. Deseje-me sorte, gritou, o cotovelo pra fora, *merde*, como na coxia, e se foi, o cano do escapamento defeituoso. O monóxido de carbono formando figuras. Tento não pensar nela na volta, o cabelo suado e revolto, o rímel escorrido, beber para amenizar o fracasso. Grana, filha, precisamos de grana, disse antes de dormir. Claro, grana e estar em dia e evadir os impostos com graça, coisa que não sabemos fazer. E subornar as denúncias dos vizinhos com a morbidez do combo mãe e filha. Recebê-los em *baby-doll*, o dedinho tosco no lábio inferior, esses eram os bons tempos. Bando de mulheres inúteis como as viúvas que não sabem nem assinar um cheque. Queria levitar a dois centímetros do chão. Não alcançar alturas espirituais, felicidades supremas, olimpos. Perder peso, sentir-me desfazer. Uma tarde a dois centímetros do chão. Não é ódio por mim dizer para que fui nascer, que fácil, uma bala perdida no ouvido, uma bala no tornozelo, passar o tempo com mamãe batendo nas extremidades e aumentar o prêmio à medida que nos aproximamos do peito e terminar perto do montículo, o cemitério privativo feminino sem massa encefálica. Mamãe jogaria com gosto depois de comer, cerveja com limão e azeitonas como despedida. Dissipar-me nesta tarde, estava nessas quando escutei os primeiros gritos de histeria.

VOCÊ ESTÁ COMENDO AS PALAVRAS, não dá pra entender nada. Ela uiva do carro. Que foi. O carro transformado em depósito, mamãe dando vagidos sem soltar o volante. Pode ser que venham aqui, temos que ir embora. Aonde, por quê. Consigo abrir a porta e fazê-la descer. Está sem cor e respira com dificuldade. Ele me chamou pra entrar, uma casinha precária, mas bem ajeitada, entre as outras mais vistosas da colina. Ele me chamou para entrar, quis mostrar o que estava trazendo e passar os preços, mas primeiro insistiu para a gente tomar alguma coisa. Para que você arruma confusão. Estávamos em frente ao parque na hora em que as crianças saem para brincar e tem gente fazendo exercícios pendurada nas barras, esses que deixam os abdominais marcados. Vai direto ao ponto! Não me deixa mais tensa! Será que você não tem a menor ideia de como ir direto ao ponto? Mas quando entrei e a persiana se fechou, esse cara antiestético se jogou em cima de mim. Poderia jurar que ele queria me colocar em cima da mesa. Poderia jurar ou jura? Ele me machucou, tentou me segurar pelos pés, mas corri, corri pela casa dele procurando uma saída, corri pela parte de trás. Estou cheia de hematomas. Juro pra você que pensei que eu não fosse conseguir dar partida, dez vezes eu tive que enfiar a chave e tentar girar. Defina antiestético. Você repete sem refletir o que ouve por aí e nunca acerta uma. Está brincando? E o que esse homem antiestético queria? Me matar, o que ele ia querer, você é cretina? Mas por quê. E que importa o porquê, me matar e ponto-final, ou tem que ter um porquê. Ou tem um porquê para quatro estuprarem uma vítima em cima de uma tábua, esquartejá-la, meter num saco plástico e jogá-la na beira da estrada até que passe o caminhão de lixo, realmente juro que não te entendo, te criei ingênua demais. Te malcriei. Te anticriei. Dá pra parar de jurar e de inventar palavras? Vendeu alguma coisa? Ninguém tinha dinheiro vivo. Vamos pôr as coisas para dentro, toma logo um banho de banheira com espuma e vamos esquecer as vendas, nenhuma das duas tem alma de comerciante. Nenhuma das duas tem alma. Vamos fazer uma horta ecológica. Ah, porque temos o dom da jardinagem, já estou vendo tudo plantado ao contrário. Era uma boa ideia, continuo achando que, se bem executada, é uma boa ideia, esse cara tinha um recipiente na sala que cheirava a gato velho, dá pra acreditar, o que causa a solidão. Colocamos as coisas para dentro e as arrumamos em silêncio. Fazemos macarrão com óleo de nozes e jantamos cobertas de repelente. Mamãe fuma enquanto absorve os cabelinhos de anjo, o pãozinho sem morder na mão feito os velhos. Nascemos para mastigar rancor, nesses momentos queria ver chegar o fim do mundo, suspira, talvez aí esteja a chave da questão, que venha o cataclisma e tudo recomece. E por que tudo recomeçaria? E por que não? Não, a pergunta é por que sim. Não, a pergunta é por que caralho tudo voltaria a começar. Para que não seja tudo tão aterrorizante. Tem noção de que esse velho com jeito de monge podia ter acabado comigo com uma pancada só?

REPASSEMOS TÉCNICAS DE DEFESA PESSOAL. A vida é uma cachorra no cio, mas às vezes oferece o impossível. A mim, oferece uma pureza demoníaca. E me oferece a ele. Ahn? O que é que tem o cu com as calças? Você está entrando no bosque, filha. Eu o amo até uivar feito uma besta peluda. Repassemos. Entro no bosque. Você entra no bosque. Ando tranquila, até que vejo o *trailer* com o velho pelado. Do lado de fora há panelas e galões. Do lado de fora há restos de noites sujas e estateladas. E uma farda militar. Velho imundo. Não o julguemos ainda. Eu o vejo pelado, a pele queimada, varizes, carne flácida, um velho. Talvez o último hippie, um pedófilo, um jogador compulsivo. Ou um fugitivo, alguém sem documentos. Ou um vovô com amnésia que saiu do seu jardim para pescar há uma década e ninguém o procurou, acontece. Está de pau duro? por ora não. Passo do seu lado, como se não estivesse olhando, como se fosse uma dessas que vão dar uma corridinha de agasalho, ou olho para o laguinho com o barco ou as folhas que flutuam como remos. Fica duro? Não, mamãe, olha fixo para mim. É um imigrante? Não seja racista! Mas não seja imbecil. E então? Fica duro. Sim. Tem algo afiado na mão e na ponta da língua. Os pelos da barba sem aparar. O vento sopra forte. Não sopra, nos aspira. E o que você faz? O que eu faço. Bate no pescoço dele, um golpe seco bem onde ele não tem musculatura desenvolvida. Um golpe maciço. Ou lhe afunda os olhos. Com os dois polegares. Bem pra dentro. Ou vai nos testículos. Pescoço, olhos, testículos. Sim. E procuro rápido uma pedra chata para bater nele. Na têmpora. Uma pancadona na têmpora, mas que ele não note que você pegou a pedra, tem que ser muito rápida. Não dá pra errar. E depois eu corro. Voa para o lado contrário da folhagem, não te fecha no redemoinho nem no *trailer* ali, corre em diagonal até a fazenda procurando a casa dos pastores de ovelhas.

ACABO DE SONHAR COM ELE prestes a fugir em um furgão. Encontrei a chave. Aleluia. Acorda. Não precisamos mais do Apocalipse, há algo ainda melhor. Para de me sacudir, vou te matar, mamãe. Bom, bom, mas levanta, eu fervo a água, preparo algo pra gente e te conto. Que horas são. Não existem horas quando se tem iluminação. O que você está dizendo, meu deus, prendam ela. Para cima. O tempo não existe depois do sonho. De que caralho você está falando? Eu o vi nesse caminhão de carga envolto em terra em espirais, seguia por um caminho montanhoso e irisado, estou certa de que vinha na nossa direção, isso se sabe sem saber, e se afastava, isso é o principal, se afastava da família dele. Irisado? Nada lhe importava, nem os clientes mais polpudos, nem o pai dele, nem a sem graça. Deixava a casa, o carro e as terras para eles, não é excepcional? E vinha nos buscar, meu genro. Mamãe respira como um peixe fora de um balde. Isso não é descomunal? O quarto atravessado por frequências difusas de calor gélido. Você está bem? Pergunto sério, de verdade agora, você consegue me dizer se você está realmente bem? Que perguntas são essas. Por que você me machuca. Quer um certificado de sanidade com carimbo do Ministério? Faz quanto tempo que ele te visita. Faz quanto tempo que se devoram feito dois imundos sem parar nem um só segundo pra mijar ou tossir. Um ano e meio. E, bom, um ano e meio, já foi mais que o tempo. Ou você não viu essa cobra gigante que comeu o crocodilo depois de cinco horas de luta intensa. E, bom, deveria ter dado o salto, ter vindo te procurar de joelhos. Nada de buquês comprados na estrada. Nada de colarzinhos sem etiqueta. Nada de recadinhos monossilábicos. Não é da sua conta. Mas agora estamos numa emergência. E é da minha conta, sim. Tudo que tem a ver com minha filha é da minha conta. Um dia você vai saber se tiver uma. Encontrem-se, pergunte quando ele vai deixá-la, porque sabe o que acontece, senão é muito fácil, quer que eu te diga? Não, por favor, não quero. Mas eu digo mesmo assim, a pergunta é para me dar embalo, é banal demais. Se ele continua trepando com a outra? Com que frequência? Em que posições? Quem toma a iniciativa? Sempre na horizontal ou inovam? Quanto dura o ato, em quem ele pensa? Porque essa de que ele come ela sem vontade pra cima de mim, não. Ele come ela, fica duro, ejacula e ponto. Mecânico ou lírico, fica duro e ejacula. E não é justo. Salto sobre ela e agarro seu pescoço. Lutamos na cama entre lençóis e nossas peles. Não vou perguntar isso pra ele nunca na vida. Você quer me foder, quer que ele me largue, que se canse, assim seremos duas. E mamãe se joga em cima de mim, eu a afasto, ela volta. Saio do quarto e me sento sobre as formigas. Não suporto esse cheiro depressivo, uma panela sem lavar. E volto aos trancos e abro a porta com espelho e sei que mamãe está pendurada para fora da cama, para dar mais dramaticidade. Jogo roupa, jogo coisas na bolsa, encho-a de meias mal cerzidas, de pantufas, de calcinhas. Penduro a bolsa no ombro e a fúria em jejum faz minha testa latejar. Vou embora, faz tempo que eu devia ter ido. Não escuto resposta. Vou embora. Cruzo a sala de jantar, incrivelmente a cruzo, a sala de jantar de mamãe grávida um inverno inteiro, a sala de jantar do meu nascimento sobre toalhas e compressas, a sala de jantar do meu primeiro grito sanguinolento ao sair do couro, um longo momento, a cabeça para fora. Cruzo a cozinha onde nos consolamos, foi ali que morreu a avó esmagada e decidimos enterrá-la e que se encolha o clã. Cruzo o jardim, milagre, cruzar o jardim. Adeus ao apetite inesgotável da puberdade me esfregando na relva, adeus a me entregar a ele como se fosse a única coisa que existe. Cruzo o jardim onde uma vez corri falando em patoá. O jardim vermelho e preto do drama e dos ciúmes no dia do meu primeiro beijo. Mamãe perguntando se teve língua, se parecia bífida. Cutucando, mas língua como, de redemoinho ou de aspirador? Chupou um chiclete antes? Mas também as tardes radiantes, tão certas quanto cortar o dedo no fio de uma folha. Mamãe esvaziando meu penico. Mamãe me cheirando a axila, vibrando ao provar meu suor. Passo pelas árvores tortas, cada árvore é uma época trepando as três, trepando as duas, tirando um a um os raminhos das framboesas e das amoras incrustadas antes que os melros de plumagem albina as roubem. Cruzo a porteira como um vaqueiro bem-dotado.

DEIXO-LHE O CARRO, as chaves dentro e um dinheiro no assento. O suficiente para que não morra de inanição por uns dias. O suficiente para comer porcaria e ter suas bebidas. Ou aproveitar as liquidações de verão e comprar bermudas e *leggings* de lycra no supermercado. Ela que tanto gosta de fuçar nas peças de temporadas passadas. Faz calor e ainda não anoitece, um pouco mais sobre o caminho longo da estrada e as rotatórias. Passo por ciclistas encurvados como roedores. Sigo adiante, se não parar nem por um segundo, se não cruzar ninguém, pego o trem das nove. Sem jantar, mas chego e desço em algum dos povoados ou na última estação. Penso nele. Várias vezes, em escrever uma mensagem, em ligar. Mas é ele quem tem que fazer isso, é a vez dele. Eu me animo olhando os luminosos dos restaurantes de carne americanos e famílias inteiras em frente a bistecas de búfalo. Chego justinho na estação, sem tempo de comprar a passagem, subo, sai, já estou sentada e a terra passa. Não tenho notícias. Penso nele. Tento variar minha tendência mental, torcê-la, o que estará fazendo a mamãe, estará em casa ou no bosque, ainda está viva, mas só penso nele. Já passou o primeiro povoado e ainda não desci. Um jovem do assento em frente me olha e me pergunta alguma coisa. Demoro para responder, e o jovem não olha mais para mim. O guarda percorre o corredor, sorrio para ele e cruzo as pernas. Funciona. Obrigada, mamãe. Nenhum povoado me convence, nenhuma casa, nenhuma cor, e desço na estação final. Não sei onde encontrar algo aberto nem se há algum hotel, tenho fome, estou incomunicável, mas só penso nele. Nunca, agora percebo lendo o cartaz, nunca estive nesta cidade nem em nenhuma outra que não tenha sido para visitas médicas, consultas, *downloads*. Nunca estive em uma cidade e voltei desperta. Mas retorno. Me prende. Acho que continuaria pensando nele ainda que alguém fosse atacado a pauladas agora mesmo. Sento-me na calçada e lhe mando uma mensagem; estou sozinha em uma cidade desconhecida, fui embora de casa, preciso de você. Com a mochila nas costas, caminho pela rua principal no sentido contrário ao dos carros. Beatitude. Vento leve, uma sinfonia. Descanso sobre um canal. Janto em uma pizzaria coberta de rosas em frente a um cinema. E vendo a água debaixo do arco, nesse exato céu, não penso nele.

MAS, AO TERMINAR, com uma machadada minha trepanação craniana regressa. Não escreveu, não ligou, não apareceu. Onde está. Que faz. Com quem. Pago a conta, mas nem sequer olho para a cara do garçom. Tem cara? Vejo que me auscultam e receitam o que há de mais potente e durmo no trem a volta toda, o perfil *cuadrillé* sobre sua saia babada. A sala de espera é quente, as criancinhas comem balas de pera e têm asma, ela se abana com a mão. Ela sempre explica meus sintomas, os seus, o médico ordena, eu abro a boca. As duas tomando chocolate quente na saída ou no carrossel, para festejar. Durante um tempo indeterminado não procuro hotel, mas também não estou em lugar nenhum. Caminho vendo as vitrines, gráficas, oficinas, tinturarias. Toda uma vida enclausurada na escuridão de um local, o chaveiro de ferro, o tabuleiro de luzes, a escadaria que dá no depósito. O banheirinho. Os produtos de limpeza para limpar as estantes. Toda uma vida, a hora de entrada, o ruído da cortina subindo, descendo, o sininho quando entra ou sai um cliente. Os provadores, a rua enfumaçada no final. Sair para dar umas tragadas quando o dono vai ao banco. Estou ali dentro e tenho uns quilos a mais, o sutiã me aperta. Levo meu almoço embrulhado, tomo Coca em cima do balcão e tenho sonhos tórridos sobre a relva. Diante da senhora no *lobby* não sei o que dizer. Ela espera. Quantas pessoas? Quantas noites? O papel de parede florido verde como espinhos pontiagudos, como agulhas de tricô, me lembra mamãe. A rococó da mamãe. A manhã sem graça marcada no almanaque da cozinha com uma cruz para tirar o desconhecido de dentro da gente. Na noite em que lançaram os dados para a vovó e saiu que seria melhor sermos três na casa e evitar uma morte prematura e suspeita e então brindaram do lado de fora com copinhos de vodca e depois acenderam os círios e andaram como sombras pela casa. No momento que começou a garoar fininho e engrossou, até que virou um aguaceiro e a vovó a pôs na cama e saiu o fantasma.

NÃO SERÁ QUE É UMA DESSAS LÉSBICAS?, perguntou a vovó com a boca para baixo quando aos quinze eu continuava sem namorado e sem candidato à vista. E mamãe me olhou de um jeito tal que é melhor nem pensar numa coisa dessas. Eu me apoio no guarda-corpo que dá para a rua deserta a não ser por um restaurante asiático, no qual não entrou nem saiu ninguém durante várias horas. Pergunto-me se estão todos mortos dentro dos aquários, se foi uma carnificina por um ajuste de contas. Espero ver o vermelho deslizar por sob a ranhura como uma artéria. O telefone está vazio. Eu o vejo com a outra na privada. Penso tanto nele que me falta o ar para evocá-lo. Um turbilhão de rancor cresce em mim à medida que amanhece. E então vejo a aura de papai. O que é papai. Nunca disse isso assim. Vejo que é um rapaz altíssimo e loiro que vive procurando onde enfiar o pau. O dia começa como ontem, como, bebo e durmo pouco. Um cachorro morde os pneus dos carros. Alguns alarmes espalham passarinhos. Os pássaros gritam, se cruzam, descem, se atacam, se movem no céu, sobre os tetos e as vigas. Para quê. Que pássaro é qual, como saber se é um ou se é outro que despenca. O sol de meia manhã me irrita os olhos. O sangue quente, a mandíbula do cão destroçando os pneus, este colchão, papai caçando salmões ou vendendo motores de barcos, papai vestido de couro, fumando na porta dos cinemas de filmes românticos à espera de alguma mulher, tudo pode ser verdade. A única coisa que o tira da cama é entrar em alguém. Papai com mamãe brindando com uma cerveja de malte gelada na hora em que se conheceram. E depois outra, outra, outra e esvaziar a geladeira da vovó, que espia. Papai mostrando os testículos montado no braço de um trator, papai com cheiro de colônia infantil, mamãe abobalhada com o cabelo platinado desse desajustado social de um metro e noventa que a leva para decapitar cobras. E, depois, a mesma jaqueta e os mesmos sapatos vários dias seguidos, e isso deixa mamãe fascinada, seu cheiro concentrado. E terminam trepando em cima do sofá.

UMA DAS TRÊS SEMPRE OLHA A OUTRA FAZENDO.
Vovó a mamãe com esse indigente do norte, mamãe a mim com o moreninho do anel de prata, eu as duas, em separado, cada uma em

um quarto e a menina vagando pela casa com a caixa de cereal de chocolate. A menina tentando alcançar as facas na ponta dos pés. Depois, se lavam com o chuveirinho, arejam abrindo as janelas e os galpões, jogam rápido as roupas de baixo num balde. E cheiram os dedos por debaixo das unhas e me beijam eufóricas com a bituca acesa. E contam tudo uma para a outra, sussurrando os detalhes escabrosos. Eu gostava de entrar nos seus quartos para inspecionar, pular nos seus colchões movediços, descobrir o que esqueciam debaixo da cama. Caminho por esta cidade de juncos, de palmeiras e raízes que cortam as ruas e os pátios. Já passei um dia inteiro sem notícias de um ou de outro, e a impressão é de nuvens quentes estancadas no ar. Ter inventado que tinha uma mãe que usava vestidos com faixas na cintura, uma mãe viciada no luxo dos cassinos da costa, inventar que havia um caubói que vinha me estuprar na beira da autoestrada e me devorava até eu perder o chão. A copa do arvoredo se mexe, e é essa duna de caracóis do mar com uma lona áspera compartilhada por vovó, mamãe e a menina. Um trio de trastes vermelhos sobre os berbigões. Três costas roliças com protetor solar. Três vaginas arenosas ao fim do dia. Por fim encontro uma taverna. Pode ser que o presunto ou as lagostas expostas na vitrine não estejam em bom estado, mas peço assim mesmo, sento--me a uma mesa escura, o cinzeiro transborda. Continuo confusa enquanto engulo o menu, o garçom me olha com interesse. Fico confusa com o trajeto do sol, essa sombra, nessa taverna, nesta cidade. O telefone toca. Num ato reflexo aperto o botão com a boca cheia de gordura.

CUSPIR LOGO EM SEGUIDA na beira da calçada a lagosta caindo, patinha por patinha, no beco. Dar saltos rosados até o banheiro do hotel e escovar os dentes e a língua. Tomar um banho, esfregar sabão, alisar o cabelo, me fazer voluptuosa, colocar salto alto e recebê-lo perfumada à porta do cinema. E sucumbir ao amor. Ficar presa em suas mãos, ficar ao redor dele idiota, tão profundamente idiota que não consigo acompanhar as legendas do filme. Que não consigo decodificar ironia alguma. Que era a ironia. Que era decodificar. Eu habito esse pátio interno dos retardados que fazem artesanato e que riem, uns trepados nos outros. Pula carniça, a carniça pulo eu. Eu sou aquela na foto do hospital com o cara de branco me segurando, lá longe estão os parentes que nos visitam. Eu sou uma fazendeira com filhotes ao redor do rancho. Na vasilha boiam animaizinhos. Isso dura, a luminosa fragilidade dura, enquanto ele fica e caminhamos, descobrimos a cidade, comemos e nos enrolamos um no outro nus. Isso existe enquanto a penetração é um raio de luar e o resto é sujeira. E não entendo, mas a sucessão faz com que chegue ao fim e estamos os dois sentados em seu carro perto da estação e ele me diz alguma coisa que embaça os vidros. Diz alguma coisa, mas eu apertei a tecla e não ouço nada. Ele me beija, mas precisa falar. Eu o beijo, mas me pede que o deixe falar. Que é urgente. Sinto que meu cabelo cai quando ouço que sua mulher está no fim da gravidez.

E SE FIQUEI ÓRFÃ POR CULPA DELE? E se está em cima da vovó com uma cruz de madeira e um bilhete? E se a casa já não existir, e tiver um barranco e raposas bebendo? O trem de volta cruza a Sibéria no inverno. Minha cabeça está careca. Tenho essa mania de me embrutecer. Desço correndo do trem, mas meu joelho falha e caio. Ódio é pouco. Dizer que vai me pagar é pouco. Sua mulher perde o bebê, a sala de estar manchada de secreção. Que pena, toca limpar com paninhos de cozinha. Ou chega ao nono mês, e no dia tão esperado sai o moreninho com nome e berço prontos, plaquinha decorada, mas morto. É um detalhe. Ou os ultrassons mostram tudo bem, o sistema nervoso ainda está em formação, tudo normal, o pezinho, a translucência nucal, os movimentos fetais involuntários, o líquido amniótico está lindo, o colo do útero, divino, mas na hora de sair o siamês está grudado num cachorro. Ou nasce saudável, o choro do ato animal, e colocá-lo sobre o peito cagado, a volta dos três ao caloroso lar com a bolsa esterilizada, pentes para a crosta láctea, cinta pós-parto, o aspirador nasal e mais o arsenal inútil e o *paracetamol*. Mas, enquanto dormem, ela o sufoca, acontece senhora, diz o enfermeiro. Autópsia na capital e toca enterrá-lo na seção infantil. Olhar de soslaio os túmulos dos infantes e extrair o leite. E o luto com suas etapas, não há etapas, a não ser detonar a si mesma em campo aberto e espalhar as vísceras. Porco. Infecta. Degenerados. Como ele pôde penetrá--la, ejacular. Mamãe tinha dito. Mamãe bem que sabe dessas coisas. Mamãe adivinha. Diz que foi mecânico, que é como comer sem fome, que dá para comer mesmo com náusea. Chego. Continua tendo cara de casa. Ainda existem janelas e paredes e a chaminé. Não vejo chamas alcançando os troncos mais altos. Não está ali o caminhão dos bombeiros com a escada desdobrada sobre os beirais, nem a levam numa maca.

ENTRO TREMENDO, à primeira vista está tudo em ordem. Mas, à medida que avanço, os detalhes. O gás meio aberto, panos de prato espalhados por debaixo da porta, as janelas travadas com ferrolho, a torneira do banheiro pingando. Um sutil cheirinho de porco vindo da geladeira. Nenhum objeto de mamãe. Nenhum acessório. Estou enfiada nas cataratas e não escuto nada, não consigo enxergar através do fluxo violento. Ninguém na sala de jantar, ninguém no corredor, ninguém no quarto dela, ninguém no meu, minha cama feita, ninguém no porão entre garrafas abertas, ninguém no terraço nem pendurado nas vigas. Pronto, estou órfã e me vejo diante do nicho de meus progenitores, liberada, uma desamparada com poder, uma felicidade histérica. Sou órfã, como quem diz sou uma mulher casada, como quem diz estou com fome. Sair aos tropeções, cheirar tudo pela primeira vez, começar a nascer de novo. Ando reto pelo terreno ampliado e deixo para trás a casa desabitada. Ando procurando-a por terra e ar, olhando para o céu, para o caso de estar pendurada num paraquedas, na asa de um avião de guerra, de flamejar nua entre os galhos. Ando seguindo o instinto materno que não existe. Eu me acostumo. Viver sem ela. Passar à velocidade superior do pânico. Mas tem que poder me sentir, a manada que se lambe depois da caça. Viver sem ela os minutos antes de me meter um tiro. Como será se arrastar até a prateleira de mármore. Como será até dar com a caixinha, as balas, o estojo. Como será armar a morte. Ao longe galerias de pedra e colinas vermelhas. E o estado inerte dos charcos.

SE FÔSSEMOS VISTAS DO ALTO POR UM AVIADOR, ele cairia, se deixaria despencar rumo ao tumulto verde. O coração dando marteladas, dando estocadas, os braços espásticos, avanço toda quebrada. E é como dirigir em um campo de pilhagens e acelerar o motor até se incendiar em redemoinhos. Vago no espaço, mas bem presa ao chão sinto suas vibrações e suas impurezas. Caio a seus pés. As patas da besta. Perdão, mamãe. Perdão pela traição. Sim, foi isso mesmo, diz, e muito grave. Eu sei. Perdão, mãezinha. Olhando-nos somos duas abelhas paradas como objetos. Não sei se poderei perdoar.

O REAL DA PAIXÃO, MINHA FILHA, É SUA IMPOSSI-BILIDADE. Ai, não, já sei tudo isso, mamãe. Shhh. Digo que, se fosse possível, não seria possível, isso eu aprendi no dia que, subindo no capô com uma mochilinha nas costas, disse ao meu loiro alto, vou com você, sou posse tua, quero morrer nos teus braços, e nunca mais o vi de novo. Ou seja, quero dizer que é possível porque é impossível. Mas já sei isso. Shhh. Sabendo isso de memória, que é o sofrimento da impossibilidade de uma paixão o que a faz passional, continuamos lutando por não torná-la possível. Por quê, caralho? Agora sim te deixo falar. Shhh. Porque nós, mulheres, somos assim, seres endemoniados e teimosos. Assim cabeças-ocas nós somos. Não queremos sofrer, odiamos sofrer, temos horror ao coração batendo no corpo todo e à falta de ar quando nos anuncia que não está mais apaixonado, que não se acostuma ao nosso cheiro, ou qualquer dessas estupidezes, mas, se não sofremos, não há paixão, sofrendo, tornamos possível o impossível, a própria paixão. Nos poucos momentos em que o sofrimento, o medo de perdê-lo, de que seja de outra, desaparece, isso eu sei bem porque houve dias, escuta bem, houve dias, os únicos na minha vida imbecil, em que o loiro me trazia presentes fabricados por ele, caixinhas de fósforo, minhocas pintadas, galhos com formas, nesses dias me beijava pesadamente e parecia que sua língua lodacenta ficaria grudada na minha até me gastar. Então, nesses dias não sofri nem um pouco, mas também não aproveitei. Apaixonar-se é a grande condenação. Apaixonar-se é o dilúvio em um refúgio eletrificado. Não sei se você me entende. Não sei se estou sendo clara, agora você tem idade. Eu sempre me dizia, espera ela sair do cueiro, espera ela falar frases, espera ela menstruar, a primeira vez dela para te dizer e nunca pude. Apaixonar-se é ficar de frente para a cobra de dois metros. Não pude te instruir a tempo, te peço mil perdões. Você me ensinou, mamãe. Falhei em tudo, comecei tua infância ao contrário. Deveria ter te educado corretamente, não te deixar enfiar a mão no caracol e arrancar a lesma. Mas não, se me bastava te ver para entender. Eu a escuto deitada no musgo, uma fina camada vegetal me cobre como areinha. Estou largada como um mamífero com orelhas lanosas sobre os olhos. Estou atapetada, forrada, e entre nós duas corre um despenhadeiro e a água sobe e escorre.

PLANEJA A VINGANÇA A TARDE INTEIRA. A tarde inteira. Malparido. Covarde. Filho de mil éguas. Filho de mil éguas, mamãe? Bom, filho da puta. E, puxando do lixo pelo bico, uma a uma, as garrafas vazias consumidas na minha ausência, vi que nascemos por erro. Uma tarde largados em uma posição qualquer, por falta de jeito, por vício, depois de uma indigestão. O enfermeiro tentado pela paciente que teve um AVC. Que nascemos por fraqueza, filhos que se engendram como um fato nos buracos, ou de manhã cedo, sem olhar na cara, alguém que deixa escapar, como mamãe agora triturando as garrafas com as mãos pegajosas. A cada tiro de misericórdia sussurra o plano para si mesma, a possibilidade de a gente se livrar dessa merda toda, de que nos arranque disso penduradas na pica dele como uma escavadeira extrai do fundo uma família enterrada por um furacão. E, depois, fica quieta, filha, que tem um inseto no seu olho. Tenho essa loucura, mamãe, de me arrancar os olhos e o coração quando o desejo me faz perder a cabeça e a consciência. Cala a boca, barroca. Não seja besta, anda. Te ligou ao menos? Te consolou? Te disse te amo? Nem isso. E você aí choramingando que vai arrancar não sei o que e da consciência. Não se preocupe, ela vai perder, não chega aos nove meses, não sou harpia, mas sei um pouco dessas coisas. É exatamente o que pensei! Que cai por entre as patas dela, que nasce morto! E festejamos a coincidência dançando uma linda valsa, dando chutes na cabeça do nonato. Ele te perguntou se você quer um? Perto dos trinta isso é normal. Não propôs te dar um? Um segundo te dar seu esperma em agradecimento ao menos, como oferenda. Bom, não comece de novo, não faça esses olhinhos de morango, vamos nos distrair preparando tudo passo a passo, vai ser como ver os glaciares se movendo ao vivo e em cores, um grande espetáculo, chega de tanta vaca estúpida no horizonte. Para isso preciso que você colabore. Vai se lavar e volta outra. Nem pense em tocar no telefone, vou te dizer qual é o momento adequado para mandar a primeira mensagenzinha. Tem que fazer eles esperarem para que reajam. Anda!, e me deu um bom pontapé na bunda. Uma avalanche pesada e luminosa derruba tudo o que há em mim, mamãe. O que poderia ser transcendente depois que se levitou, como pode alguém querer viver o que quer que seja. Vai logo, tô te dizendo, não fale tanto que você acaba se confundindo com suas próprias palavras. Dar machadadas refulgentes em plantas venenosas de talos ocos e cheios de ramos. Não basta. Grudar o nariz no húmus do solo, nos restos das pulsões selvagens dos veados. O que que eu vou fazer, mamãe. Tomar banho já! Você é surda? Trasladar um corpo e voltar montada num temporal, cruzado sobre o ombro o fardo quente.

NÃO TENHA MEDO, não tenha medo, medo do que vai ter agora, eletrochoque urgente para uma. Ele não está pondo a cabeça para fora porque está acabrunhado, esperando um sinal seu, ele é que deveria ter medo da tua reação, você está com a faca e o queijo na mão, manda ver. E ainda mais a outra com a pança, agora sim que ele não roça nela nem com uma planta. Uma flor, mamãe. Bom, flor, planta, liga logo pra ele. Não me deixe louca, não queira me doutrinar, sai daqui. Não estou te doutrinando, estou te educando, e preciso escutar, preciso te dar ideias, vou fazendo sinais. Não preciso de ideias, sai ou eu não ligo. E vou embora pelo caminho, mamãe joga paciência na mesa manchada de café. Eu a vejo embaralhando o maço, molhando a ponta da carta, roubando. Ando e o telefone me queima. Ando tanto que passo por dois *villages* desertos e contorno o cemitério, a muralha que deixa ver os nichos e os recipientes com água azeda. Não ligo ainda, dou a volta, as lojas de mármore, granito, o polido e o brilho de pisos e túmulos. Serviços de limpeza e elementos decorativos para túmulos. Pronto para cremar todo mundo. O céu parece mais separado da terra. Procuro suas mensagens, mas está vazio, ela apagou tudo. Entro e passo a barreira. Quatro jovens levam um caixão, faz calor, e as mãos suadas os obrigam a parar. Não parecem pensar. Como se estivessem em uma trilha na montanha e apreciassem o panorama com binóculos. Depois terão o almoço de família, e cada minuto os fará esquecer que acabam de enterrar um corpo. Que esse corpo se movia. Apoiam o caixão à sombra de um álamo. Ligo. Perco o fio das orientações maternas. Em que consistia exatamente a extorsão. Quanto era que tinha que pedir. Imaginá-lo aqui, imaginar que carrego seu peso, que tenho que descansar para poder levá-lo. Atende. Não consigo falar, mas me reconhece. Esperava minha chamada, esperava para saber se estou bem, estava preocupado. Não lança nenhuma palavra de amor, e a febre sobe e de repente movo os lábios roxos e sou ela. Preciso te ver, mesmo que seja para nos despedirmos. Preciso conseguir fazer essa separação ser real. Ele diz que entende. Claro, acrescenta, entendo. Essa voz do não possuído. Nojo. Aversão a essa vida a ponto de parir. Ter me esganado até a náusea, ter sido um tubarão liso e agora a musiquinha de costume enquanto as empregadas limpam nossos quartos de hotel. Os acolchoados de ressaca sacudidos na janela. As mesinhas de cabeceira vazias. O aspirador sobre o carpete. E a outra ordinária que se apoderou dele. Vontade de sepultá-lo. Vontade de desmembrá-lo. Mas não diz um dia, não diz um lugar, não diz uma hora. Sou uma virgem que vive com a mãe em um *trailer* e no inverno se esfregam como dois cetáceos. Sou essa que come fígado de pato com as mãos e as unhas quebradas. Essa que ri e pula no vendaval de mãos dadas. A racha fechada até a velhice. E quando numa manhã de neve encontra a mãe deitada com a boca aberta e um inseto dentro, se joga em cima dela e a beija. E engole o inseto como se fosse um gelinho. Os jovens deixam o cemitério. Amanhã, disparo. Me humilho. E preciso de ajuda para pagar várias despesas, sabe, me mandaram embora do trabalho injustamente depois de dez anos, isso é discriminação, vou tascar um belo dum processo e vou ganhar, e vou comprar uma lancha e percorrer todas as ilhas, aham. Mas para isso tenho que pagar um advogado, e, claro, diz compreender a situação, discriminação de que tipo. Nem explico. De quanto preciso. Diz que vai conseguir, que eu devolvo quando puder, que ele conhece um advogado muito bom e contador. O que não faz um homem para se livrar de uma mulher. Esse lastro. Tudo tão óbvio. Poder ser razoável e modular. Marcar um encontro para dentro de dez dias, anotá-lo na agenda, sem perder o equilíbrio. Vai vir me ver, mas, veja bem, vai ter que ir embora cedo porque eles têm uma consulta que não podem cancelar... e desligo, logicamente já fala no plural.

ESSA ANSIEDADE NOS DEDOS QUE OS FAZ SE RETORCEREM. O lugar do encontro é o mesmo, debaixo da ponte entre os grafites anarquistas e os telefones de putas. Não tem definição, não é espera. É o nada até a aparição. Um dia de letargia na lactação. Mamãe trancada em casa rezando de joelhos sobre os ladrilhos. Mamãe ainda esperando que o outro entre. O outro que a deixava em chamas e ela batia a cara contra os galhos. O outro que tirava bem quando estava quase e ria dela, cigarro pendurado na boca. Mamãe repassando a sequência e entrando no armário. Mamãe a última conferida no fio. É a primeira vez que dirige alguma coisa, que alguma coisa a entusiasma. Está vindo, não desliga o motor e se joga em cima de mim na pista, não me chupa, faz o gesto do motorista em fila dupla. E eu subo e obedeço e o beijinho molhado vem depois dos gestos automáticos. Como você está, como está sua mãe, como você passou esses dias. Trouxe o dinheiro em espécie, pode contar, me devolve quando der, não precisa sofrer. Puro lixo. Não respondo. Está calor, diz. Finalmente um dia do verdadeiro verão de piscina até meia-noite e churrasco ao ar livre. A cidade está em colapso por causa do uso dos aparelhos de ar-condicionado, aqui não? Na cidade você não aguentaria esse calor. Pego o maço e enfio na bolsa sem olhar. Preciso que você venha até minha casa me ajudar, não tenho ninguém, é terrível. Que foi. É terrível, duas mulheres vivendo assim não pode ser, mamãe foi embora, não tenho ninguém. Que foi, não me assusta. Uma praga, na casa inteira, mas principalmente na cozinha. De formigas? Desses roedorezinhos brancos imundos. Que nojo, mas o que posso fazer, sei menos que você dessas coisas. Me ajuda, é a última coisa que pode fazer por mim. Você não tem vizinhos, os bombeiros? Meus vizinhos estão morrendo. Os bombeiros não vêm mais desde que mamãe os chamou trinta noites seguidas com desculpas diferentes, nem te conto, gatinhos no telhado, incêndio no termostato, bebê chorando dentro de um baú. É dever deles atender, é um serviço à pátria. Mamãe os assedia, não é dever deles se deixarem assediar.

Preferiria ir a outro lugar, você sabe, fico mais relaxado em um espaço neutro, e continuou falando, mas me atirei em cima dele e lhe mordi a parte interna da orelha. O carro só dá marcha à ré, a roda na canaleta e vira. A gente faz rápido, sem olhar, você levanta e eu puxo, tenho luvas de látex. Temos que nos apressar porque vão entrar na geladeira e aí é o fim, vão acabar com nossas provisões. Nunca coloquei luvas de látex. Vai ser melhor do que ver o líquido das coisinhas escorrendo entre as suas mãos. Que nojo. Não consigo, não sou capaz. Eu o olho e o beijo, capturada por essa felicidade que nasce do nada, em um intervalo qualquer, antes de ir embora porque sim. Espero que você me entenda, diz, estou aqui, mas... claro, claro. Ela já é velha para ser mãe, não podia privá-la disso, não depois de tantos anos morando juntos, teria sido como enterrá-la viva, claro, sem dúvida, entendo. Se eu a deixasse agora, não ia conseguir outro, já é tarde para congelar óvulos. Os óvulos dela estão desgastados e o mínimo que posso fazer se não a desejo é dar... desculpa te interromper, deixa o carro dentro, por favor. Prefiro do lado de fora, não, dentro é melhor, senão os garotos podem arranhá-lo com chaves de fenda ou armas de água, não estão acostumados a ver um modelo tão novo. Eu estava dizendo que a gente tem uma obrigação moral com a companheira de tantos anos, não posso jogá-la fora como uma coisa, não é um brinquedo, ainda que já não haja desejo, nem nojo... desculpa te interromper de novo, tem teto solar? Essa foi justamente a diferença desse para os outros que vimos, ficamos doidos os dois com o teto transparente. Com certeza vão dar passeios magníficos pelo litoral, à beira das pedras onde quebra o mar, o pequenininho feito um sorvete de casquinha com meio corpo pra fora. Então, me entende? Consegue se pôr no meu lugar? Vem, vem e tapa o nariz com isso, que está fedendo.

ENTRA OLHANDO CADA PASSO QUE DÁ, as pedrinhas se esfacelando. Que foi. Você não gosta da decoração austera da minha casa. Não gosta da nossa estética campestre feminina. Não, não é isso, me sinto estranho, nunca estivemos juntos aqui. É piada, eu mesma acho tudo muito repugnante, logo me mudo para longe e você vai ver como decoro a minha casa. Ah, é? Vai para a cidade? Tenho planos. Avisa e eu te ajudo a encontrar um trabalho. Mamãe não vem, não se preocupe, não vou fazer as apresentações oficiais hoje. Entra, entra. Tira os sapatos na entrada, deixa aí empilhados com os outros. Ele os tira, vai ao banheiro, percebo que está pensando em frente à pia com a água aberta. Cada gotinha é uma armadilha. Também penso em um plano B para o caso de ele fugir correndo pela janela. A casa está equipada, há arames, redes, pás, até mesmo um velho trator. Espero por ele grudada na porta, pulo em cima dele. E a família de ratinhos brancos? E as luvas de látex? Eu o guio pelo corredor e o empurro para a minha cama.

MOSTRO A ELE MINHA BARRIGA LISA, quero que acabe ali. Estão apodrecendo atrás da despensa, espero que a família toda acabe de morrer e vamos. E começa a sessão, lambidas, agarração, movimentos. Mas tudo é tenso, frio, angustiado. Mas tudo é esse papel de parede de flores com espinhos. Tento injetar alguma paixão, fazemos amor uma vez. E duas. Está cansado, está com dor no ciático. Que caralho é o ciático. Toma comprimidos para a dor. Te trago um copo de água com hortelã, a clorofila vai te fazer bem. Quando o mal-estar do mundo entra pelo quarto, antes fantástico. Eu o deixo meio ereto no colchão. Saio nua. Mamãe espia pela fresta do armário, entreabro. Foi bom?, pergunta. Te deixo fazer de novo ou vamos agora? Ele te deu beijo de língua? Aproveita. Você chegou a...? Mamãe, você é imunda. Que ele pelo menos te dê um orgasmo, é muita falta de vergonha. Mas o que você diz? Muito bom isso dos ratinhos, já estava correndo para encontrar um. A casa está silenciosa. Nada indica que haja um homem pelado no antro feminino, ele, também, vir se meter aqui. Se pudesse ficar assim dez anos, intacto, perenemente no meu quarto, deitado, então tudo seria lindo e pacífico, e com gosto eu o deixaria ir criar seus nascidinhos. Levá-los para buscar pinhas nas campinas, ferver caranguejos, saltar pelos riachos sem leito. O telefone dele toca, e as duas damos um pulo. Se cobre, por favor, seus peitos me distraem, como cresceram seus mamilos, estão roxos, deus, maiores que os da vovó, de onde você saiu. E que tom escuro têm, parece que você é adotada. Sou adotada? Você é imbecil. Você adotada, não vê que eu e você somos cara de uma, nariz da outra? Focinho, mamãe. Me dá sua blusa. Nós nos aproximamos da porta na pontinha dos pés, duas bailarinas com tutu totalmente perdidas no palco. Está sussurrando alguma coisa, palavras de ternura e paternais. Blá-blá-blá se diz o casalzinho. Está com ciúmes, filha, isso foi o que não nos deixou existir. Não estou com ciúmes. Está com ciúmes, eu também estou com ciúmes dele, com ciúmes das outras que não têm filhos, com ciúmes de uma corrente de ar, com ciúmes do mundo. Como as vacas depois de parir, ainda escorre de mim um fio esponjoso que deixo pela casa toda. Coloco uma calcinha e escuto ele me chamar, primeiro dizendo meu nome e depois gritando. É agora, diz mamãe, de alguma coisa tem medo. Te trouxe a grana? Shhh, que que tem isso. E deve ter cartões de crédito e de débito também. E de repente cheques, vales. Você sabe falsificar a assinatura dele? Faz ele assinar alguma coisa. Quer que eu peça as senhas dele também? Tira ele que vou pelo outro lado, eu pego tudo, você só leva ele. Não demora, não fica molengando. Corta logo. Um pouquinho mais e eu vou. Você vai pôr tudo a perder no último minuto e ele vai ser da outra. Prazer da outra. Olhos da outra. Um pouquinho mais. E entro com o copo d'água e a folha de hortelã.

POR QUE VOCÊ ESTÁ SE VESTINDO? Está meio tarde, se você quiser te ajudo e depois vamos tomar uma no barzinho do rio. Estou te dando bebida aqui. Mas preciso de ar fresco. Vamos para o jardim então. Você que sabe, normalmente você gosta de ver os barcos e as lanchas passando, diferenciar os motores. Sim, mas isso era antes. Você continua brava. Não. Decepcionada. Não. O fato de que você tenha um filho com ela não quer dizer que..., entendo. Não dava para lhe negar a possibilidade, ela nasceu para isso, para ser mãe, não é como você. E eu sou como. Você é maravilhosa. Você resplandece. Você é de outro tipo, não é mãe. Ela é mãe desde o berço. De verdade, ter um filho não é nada além disso, saiba. Acabava de escutar a declaração de amor mais linda da minha vida, ter um filho não é nada. E me beijou, como um atordoamento, pela primeira vez ele a mim, e fomos de novo astros no espaço. E quase me esquecia de mamãe à espera ao lado do galinheiro com todos os utensílios prontos. E penso, que tonta, ele pegou o copo e não pus nada para ele dormir, não vi filmes suficientes com mamãe. Vai ter que ser feroz, vai ter que enfiar na pele dura. As bocas com hortelã, e outra vez o beijo, e outra vez.

MOSTRO PARA ELE ONDE BRINCAVA QUANDO CRIANÇA, passeamos e me dá a mão, mamãe deve achar que está vendo coisas. E entramos na gruta onde eu me escondia quando era menina para não ter que ver os velhos castrarem os animais ou pendurá--los pelos cascos. Mostro a ele o esconderijo de onde espiava quando no inverno desciam com os cadáveres no trenó. Minha trincheira onde armava e de onde lançava granadas. Ele se interessa pelo meu passado, por esse buraco imundo sem pai, inspeciona as árvores nas quais eu subia como um cientista com lentes de aumento. Por um segundo tudo vira ao contrário, a folha metálica partindo a fina coluna vertebral de mamãe. E depois ele e eu jantando à luz de velas, tendo filhos que se balançam muito alto em redes, fumando e soprando a fumaça na direção das estrelas. Vejo-a fazendo sinais desesperados lá de cima. Um cacarejo chama atenção dele, que se dirige sozinho, sem que eu tenha que lhe dizer a estupidez de que quero mostrar o pomar para ele. Caminha, suas longas pernas marcando minha relva. Caminha e se afasta da minha infância. Depois vou beijar a terra e passarei meus dias jogada sobre seus passos, louca de amor. Mamãe continua em cima de um banco de pedra atrás da trepadeira, ele de costas. O toldo nos tapa, as portas ao redor, a copa do arvoredo. Eu no centro. O gesto psicótico do braço levantado, o cotovelo apontando. O peso do machete como o de uma criatura à qual se tem que proteger de uma queda. Mamãe se exaspera. Não posso lhe dar confirmação, não posso assentir, não posso levantar a mão para fazer o sinal. E ela manda em si mesma, salta do banco com energia e dá um primeiro golpe com a lâmina na nuca. E o puxa. Ali mesmo me procura, ainda posso salvá-lo, fazer dele meu marido, o senhor da propriedade com o molho de chaves e o rifle, ainda posso ensaiar ser uma boa órfã. O sexo é um nojo, já começa a tossir água e sangue, já está com a cabeça ao contrário. Mamãe sobe em cima dele, vem, merda, vem, faz alguma coisa, me rosna. É hora de agir e não consigo dar nem um passo. Não dá, mamãe, estou vestindo um avental azul com bolinhas e não consigo entrar na sala de aula. Não consigo dizer meu nome. Vem aqui, merda, e passa para mim o cabo, é pesado. Levanto o machete com todo o amor, com todo o coração, também moribundo. O machete enferrujado contra o céu nublado se crava uma vez no estômago dele, outra vez, diz, e eu o levanto e o descarrego pesadamente no seu peito, outra vez, diz, e o levanto e o encravo no seu pescoço, já está bom, já basta, não se anime, respira fundo, agora larga ele, solta. Ao meu lado uma pedra chata, quero tacar nele, desmanchar sua cara. Já está bom, diz, já pode descansar.

O QUE É ISSO, não quero ser deselegante, mas isso é um pepino azedo, uma horrível beleza. Deixa ver, sim, que esquisito, um fruto fora de estação, uma verdura ao sol. Nunca te disse nada, mas agora que estou vendo o pau dele acho que está tudo aí. Alguém me olha com vontade, também faz sol, estou usando sapatos de verniz lustrosos com fivelinhas, tenho uma franjinha sobre os olhos, que fica meio separada por causa do redemoinho, visto uma saia quadriculada com pregas e estou fantasiada. Quem está te olhando, filha? Algo me observa de fora durante a festa toda e depois, enquanto as coisas caem, copinhos, pratinhos de porcelana. Olha, o pepino está queimando, está encolhendo, é uma abobrinha ou um peixinho, que divertido. Efeito interessante, parece que é a primeira coisa que se vai. Um tio, um vizinho, algum amigo da vovó? Alguma coisa me deixava tensa, eu sentia na barriga, mas você nem notava, me mandava de todo jeito ir brincar no banco de trás do carro. Alguém desejaria tanto alguma coisa a ponto de destruí-la? Tenho essa mania de perguntar sabendo a resposta. Perguntar como quem cata piolhos numa criança e continua e continua mesmo se já não tem mais e a criança grita banhada em vinagre, a cabeça vazia. Perguntar sabendo e cravando a unha no couro cabeludo. As primeiras vezes que te vi na minha vida, recém-saidinha, que linda você estava, dourada de olhos verde-marciano a certa hora. As enfermeiras me paravam para me dar os parabéns quando fui me mostrar no hospital, as anestesistas, as funcionárias, eu te descobria um pouco mais para que vissem que bem-feita você era, que harmônica tinha saído, eu estava tão exibida, mas ao mesmo tempo era estranho, como se você não fosse minha, um número a menos ou a mais e a ligação é um engano. Quando me afastava uns quilômetros do povoado com o carrinho, as duas tão sozinhas e indefesas, na estrada nevada, eu teria te largado. Ou em uma praia, eu pensava isso, na maré cheia, para que você avançasse até os raios elétricos, se tivessem me prometido que ele voltaria. Como uma transação rápida em uma fronteira vigiada. Te dou, me dá, nos afastamos. Como a mãe que diz para a menina novinha, não seja mongoloide. Como dizê-lo de um jeito melhor? Não por crueldade, espero que você entenda, mas para que me dessem em troca o que perdi. Não precisa, não precisa de jeito nenhum me explicar. Me dá um abraço apertado. Eu te pari, mas você poderia ter me parido igual, não é verdade?

ANTES FIZEMOS AMOR E NADA. Às vezes, um corpo não é mais que um coito, um filho do coito. Não passa, não sai, nada. Um último beijo e agarro o que resta da cara dele e ali lhe tasco. Ao final, o telefone dele toca e perfura minha cabeça. Como nos acidentes de trem, as pessoas dos subúrbios descem como macacos até os trilhos para esvaziar os bolsos dos moribundos. A bolsa estourou, ela perde, ela espera com as pernas abertas que ele corra, espera suas mãos para o ato pegajoso. Ela grita meu amor, meu amor, minha vida. Mas esses gritos não são nada, eu o merecia mais que ela. Era meu, não daquela que o caçou com seu órgão reprodutor. Nos olhamos eu e mamãe, que me dá a aprovação, e despedaço seu telefone. Tomara que se enforque no cordão. Tomara que fique preso. As galinhas rondam adivinhando que vai haver uma comilança. As raposas e os cervos vão descer mais tarde pelo caminho para buscar sua parte. Tem para todos, aspirem os restos. Amassem, bestas. Somos inocentes. Somos as vítimas, senhor juiz. E chega enfim o momento em que deixa de respirar, como um dia, dentro de um olhar, já não há nada. Um silêncio feito de estalidos e zumbidos cai sobre nós como um dilúvio. Foi um porco soberbo, diz mamãe. Uma pessoa brutal, sem princípios, digo. Um cagão, em suma, não passou de um cagão. O meu um burguês, o teu um libertino instável, dois lixos. Mas aqui se faz, aqui se paga, e arranca as palavras da minha boca. Era tão, mas tão lindo que dava nojo, mãezinha. O barulho dos monomotores sobrevoando e caindo. Poderíamos taxiar ao longo da autoestrada, atravessar os moinhos e o rio. Vê-lo revolto lá do ar. A animalidade, a terra, o sexo, tudo volta aos poucos, como o paladar de um ex-fumante. Levanto a cabeça para o sol e agarro meu pescoço pela primeira vez sem escrever, tenho boas notícias, mamãe, me enforquei. Passamos a tarde examinando o corpo, finalmente você parou de persegui-lo, ressalta ela.

À MEIA-NOITE tudo está limpo e pronto. A mesa posta para jogar canastra. Uma música suave e tudo parece dançar. Mamãe passa com o avental de cozinha e a travessa com asinhas de frango e molho. Eu sirvo as taças, ela treme com o som da rolha. A grama recém-cortada, o galinheiro fechado, sem utensílios à vista, sem marcas, sem atalho. Tudo em seu lugar, roupa nova, a outra já pendurada. Tim-tim, à nossa, digo olhando o horizonte que nos devora, e ela assente. Como se estivéssemos em um restaurante de luxo, mas na intimidade. O dinheiro bem guardado, as chaves do carro novo sobre a mesa. De algo nos valeu a gente se matar de trabalhar, diz de repente. Vontade de testar o teto solar nas estradas vicinais. Vontade de fumaça nos subúrbios da cidade grande. Vontade de um caixa automático, uma passada rápida na loja de roupas para montanhismo e encher o tanque num posto mais distante. Mamãe põe uma luva de cozinha, se inclina para me servir e tem dez anos mais e é uma avó de peito caído que me serve frango com cebolinhas. Em uns dias teremos centenas de pequenos tomates, poderemos oferecê-los aos vizinhos, claro, digo, e preparar também umas tortas de morango e levá-las morninhas até a casa deles. Claro, com açúcar mascavo. Falávamos como se estivessem nos espionando ou como se o telefone estivesse grampeado. Falamos da nova arrumação da casa, da distribuição das tarefas domésticas, de pagar as dívidas, de pagar impostos, de tentarmos nos imiscuir mais nas necessidades da vida social campestre. De nos integrarmos à comunidade, em suma. Falávamos sem nos olhar. Talvez pudéssemos começar a cuidar de doentes terminais, doar roupas para asilos, dedicar nosso tempo aos que mais sofrem. Comecemos pelos autistas, disse, entusiasmada, vamos cortar o cabelo dos inválidos, acrescentei, e não sei como fizemos para não morrer de rir.

O FRANGO JÁ CHUPADO, OS TALHERES CRUZADOS, a borda do copo babada, tudo arrumado e pronto para ser devorado pela repetição. Estamos conversando na cozinha, a pia transborda espuma, vou lhe passando os pratos, e ela abre e fecha o pano de prato quando escutamos um barulho. Ficamos duras. Depois outro barulho, desta vez mais evidente. Passos, diz mamãe. Um ladrão. Alguém tenta entrar. Ou subir. Mamãe solta o pano de prato e sai. Vigio o caminho pelo olho mágico. Volta com as chaves do carro, nos aproximamos da porta. A janelinha da casa ao lado estranhamente iluminada. Mas ninguém aparece nela. Delataram a gente, vamos embora, diz mamãe, não há tempo para bolsinha, pega o maço de dinheiro.

E me espanta perceber que não quero deixá-lo. Que não quero me afastar dele, nem mesmo um quilômetro. Nem mesmo uma noite. Pode ser que seja uma idiotice, mas acabo de descobrir que quero passar o resto da minha vida com ele, mamãe. E agora é hora para confissões de amor? Quer que eu chame um padre e os declare marido e mulher? Não vou me mudar nunca e, se chegar a ter um filho, e me calo. Mamãe, quero um filho dele. Tivesse decidido antes, querida, agora você está doida. Se eu chegar a ter um filho vai ser do lado do montículo dele, e meu filho vai brincar em cima do cheiro dele. Sim, vai amar o cheiro dele. Vai venerá-lo, será ele que fará a grama crescer. Terminou? E quando chegar a idade do espanto, vou escavar com as unhas. Não vou, mamãe. Vai sozinha e fica tranquila, fico aqui esperando e olho os sapatos dele alinhados ao lado dos nossos. Te esperamos. Mas mamãe me empurra para fora, não temos tempo para briguinhas de namoradas, alguém viu a cena, alguém sabe, entende isso, sobe no carro, e me joga para dentro. E sobe no carro foi uma vez quando eu tinha oito anos e íamos acampar e eu olhando ao longo da estrada os postes de luz e querendo me eletrocutar. A mão na maçaneta a ponto de abrir, calculando como cairia rodando no sulco, vendo-me já lançada para fora do carro, calculando o impulso mal tenha caído a velocidade. Mamãe cantava ao volante e, ainda que eu não tenha tirado a mão da porta, nunca a abri. Já volto, disse, que você descanse em paz. E fomos embora sem acender as luzes.

ANDAMOS PELA ESTRADA e tudo é tão negro, tão solitário, tão certo como aves de rapina cruzando às cegas o vale e morrendo. Será que nos enganamos? Parece que não tem ninguém. A luz da vizinha, apagada. Estava acesa ou a gente que achou? Damos uma volta por via das dúvidas, se não houver nada, voltamos e travamos as portas com tábuas. Mamãe, estamos no campo. E daí que é um vilarejo de velhos de merda enterrado no fim do mundo. Nunca se sabe, há velhos e velhos. O carro a vinte quilômetros como um animal com as horas contadas. Já quase dando meia-volta, o retorno aos lençóis, às mariposas e uma última cerveja fria quando vemos algo atravessar de um lado a outro. Uma coisa muito rápida feita de ar, alguma coisa que se mexia, e não pareciam pernas. Você viu isso, não? Tinha duas patas? Não consegui ver. Mamãe acelera, o motor corta a hipnose. Saímos para a zona industrial.

CRUZAMOS A ROTATÓRIA EM LINHA RETA. Uma patrulha policial escondida em um pequeno arvoredo piscou os faróis para nós várias vezes, um braço se agita para fora, uma ordem. Posso imaginar a cara dos jovens policiais esperando, desde que se formaram, cruzar com duas feito nós em plena noite fechada. Para, para. Mas a corrida começa, e mamãe acelera na subida para o estacionamento. Mamãe está brincando de Papa-Léguas, mamãe está comendo pílulas e frutinhas como o Pac-Man, mamãe não desvia dos cartazes e se enfia na contramão por uma descida lateral que dá no rio. Estão vindo, esses filhos da puta? Sim, mamãe, estão vindo, aonde você quer que eles vão, pescar? Eles vão ver, eles nos pagam, todos, lembra disso, em algum momento tem que chegar nossa vez. Vez do quê? Eu não quero nada. Alguma vez você ganhou alguma coisa na porra da sua vida? Não?, pois bem, já não é sem tempo. Segura forte e abre o teto, gostosa. Que beleza de carrinho. E mamãe raspa no *guard-rail*, e as pedras caem em massa fazendo ruídos cristalinos. E os pássaros e os girinos fogem. E não consigo pensar em mais nada. Já não sinto que meu cérebro é meu. É impossível que estejamos vivas dentro de uma hora, de modo que me agarro e grito e bato nela com o punho fechado, mas sem nenhuma esperança, sem nenhum sentido. Sem desejo, olho para tudo sem me despedir, mas tampouco estou neste mundo. Não desfila diante dos meus olhos nenhuma imagem, não sei em que consistiu ter vivido. Não houve infância, nenhum enigma solucionado, nenhuma palavra de alívio, só os quartos saturados, o cheiro dentro dos seus sapatos. O carro vai aos trancos batendo contra as casas antigas, contra os canteiros, contra as máquinas agrícolas. Sobre nós caem as folhas e os troncos. O carro nos sacode indo a toda velocidade até o quê, até onde, mamãe continua pisando fundo. Ainda nos seguem, estão nos alcançando? Eu me viro, mas a pressão faz minha cabeça pesar muito, minha cabeça transformada em capacete com o crânio distante. Vamos arrasando tudo, pancadas nas janelas e no teto, até que somos freadas por uma grande esfera de galhos entrelaçados, e o carro se joga para trás e para a frente e fica encrustado no enxame. Zumbidos. Piu-piu. Mamãe sai de quatro e corta o rosto em dois com as farpas. Eu me arrasto, me retorço, as marcas das colisões. Estamos inteiras e ensanguentadas. Que tudo se exploda, que se destrua tudo, diz mamãe, e ainda quer mais.

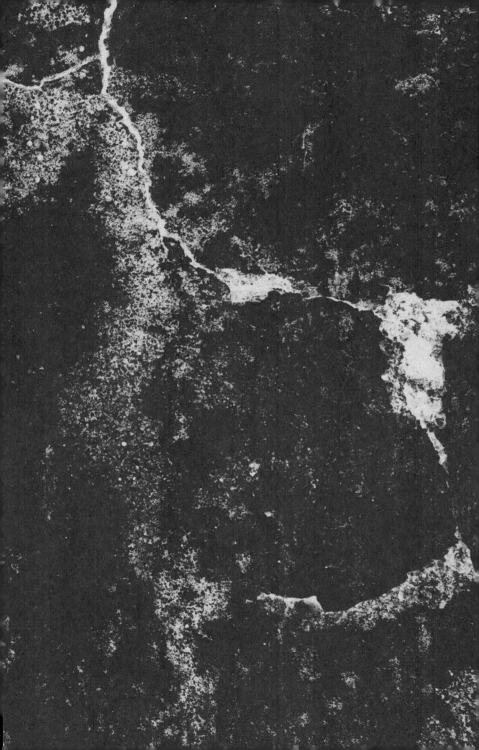

Sobre a autora

ARIANA HARWICZ NASCEU EM BUENOS AIRES, em 1977. Estudou roteiro e teatro na Argentina, graduou-se em Artes Cênicas pela Universidade Paris VII e obteve o mestrado em Literatura Comparada pela Sorbonne. Deu aulas de roteiro e escreveu duas peças. Dirigiu o documentário *El Día del Ceviche* [O Dia do Ceviche], exibido em festivais internacionais. Mora com a família em uma pequena cidade perto de Paris.

A débil mental, publicado originalmente em 2014, é a segunda parte de uma trilogia "involuntária", chamada por Harwicz de "trilogia da paixão", uma vez que os livros exploram a relação entre mães e filhos. Dela também fazem parte os romances *Morra, amor* [*Matate, amor*, de 2012], lançado pela Editora Instante em 2019, e *Precoce* [*Precoz*, de 2016], que chegará por aqui em 2021. *A débil mental* foi adaptado para o teatro na Argentina em 2019. Em 2018, a edição em inglês de seu livro de estreia, *Morra, amor*, foi indicada ao Man Booker Prize. Harwicz também é autora de *Degenerado*, de 2019.

Comparada a Virginia Woolf e Nathalie Sarraute, Harwicz é uma das figuras mais radicais da literatura argentina contemporânea. Sua prosa é caracterizada por violência, erotismo, ironia e crítica aos clichês que envolvem as noções de família e as relações tradicionais.

© 2020 Editora Instante

LA DÉBIL MENTAL by Ariana Harwicz. Copyright © 2014 by Ariana Harwicz
Publicado sob acordo especial com Literarische Agentur Michael Gaeb
e Villas-Boas & Moss Agência Literária. Todos os direitos reservados.

Direção Editorial: **Silvio Testa**

Coordenação Editorial: **Carla Fortino**
Revisão: **Andressa Veronesi** e **Fabiana Medina**
Capa: **Fabiana Yoshikawa**
Tratamento de Imagem: **Aldo Macedo**
Diagramação: **Estúdio Dito e Feito**

Imagens: **Shanina/Getty Images/iStock** (capa e 4ª capa)

1ª Edição: 2020
Dados Internacionais de Catalogação na Publicação (CIP)
(Laura Emília da Silva Siqueira CRB 8/8127)

Harwicz, Ariana.
A débil mental / Ariana Harwicz ;
tradução, Francesca Angiolillo. 1ª ed. —
São Paulo: Editora Instante : 2020.
Tradução do original "La débil mental".

ISBN 978-65-87342-02-3

1. Literatura argentina
2. Literatura argentina: romance
I. Harwicz, Ariana

CDU 821.124   CDD 868.9932

Índices para catálogo sistemático:
1. Literatura argentina
2. Literatura argentina: romance
   868.9932

Texto fixado conforme o Acordo Ortográfico da
Língua Portuguesa de 1990, em vigor no Brasil a partir de 2009.

www.editorainstante.com.br
facebook.com/editorainstante
instagram.com/editorainstante

A débil mental é uma publicação da Editora Instante.

Este livro foi composto com as fontes Arnhem e Recoleta
e impresso sobre papel Pólen Bold 90g/m² em Edições Loyola.